かんが医者になった日

目次

はじめに

『思春期の子どもたちにとって「居場所」がないことは「死」を意味する』

非行少年の背景には両親からの愛情不足がある、という説がありますが、私は少なくとも両親からの愛情は受けていました。しかし、その愛情を素直に受けとめることができませんでした。

最初にぶちあたった壁は「母の壁」。子どもが親離れをしようとする時、彼らが失敗することを恐れる母親は、壁となってそれを妨げます。私の母親はその典型でした。また、母からの愛情が強すぎるが故に、過度の期待が重圧としてのしかかり、愛情の受容体が変形します。結果として愛情を伝えることも受け取ることもできず、母親以外の人に愛情を求め、家庭の外に居場所を探すようになっていく。こうやって私は曲がった道を歩むようになるのですが、そのような子どもたちは少なくないのではないでしょうか。そしてこの傾向は感受性が豊かな子どもに強く現れるような気がしています。

♪居場所がなかった
　見つからなかった
　未来には期待出来るのか分からずに　（浜崎あゆみ　A Song for ××）

歌姫として不動の地位を築いた彼女も、昔は居場所探しに奔走した1人なのでしょうか。彼女の歌声や歌詞は、当時の私に苦しんでいるのは自分だけではないのだと、生きる力を与えてくれました。

母との関係がうまくいかず、家出少女というレッテルを貼られた私は居場所探しに奔走しますが、落ち着くところは同じような環境の仲間、つまり非行少年たちのところです。

深夜に柵を乗り越えて市民プールに服のまま飛び込んだり、友達を塾に迎えにいった合図にバクチクを鳴らしたり、とにかく無茶苦茶なことをやっていたのですが、それが楽しくてたまらなかった。だって居場所があるから。私が私として認められる場所があるから。

この時期は世の中の大人すべてに不信感や嫌悪感を抱いていました。恐らく関わっていた大人たちも私のことが苦手だったに違いありません。そ

鋭い目つきで周囲を威嚇していた高校生の頃。

うい　った中、私と向き合ってくれた数少ない大人の1人が当時の私の主治医、神代先生でした。まさか彼女が将来の上司になろうとは……。当時の私が容易に心を開くことはありませんでしたが、小児科医の仕事の範疇を超えて私に向き合ってくれたという事実が、更生しようと思った時の大きな支えとなります。

通っていた私立高校は退学になってしまいましたが、定時制高校や通信制高校に通って何とか高校卒業の資格を取りました。その後派遣社員として働き始めた運送会社で、頑張れば頑張るほど、評価されることに気づきます。それまで何をやるにも後ろ指をさされるのが当たり前であり、褒められることに慣れておらず、始めは困惑しましたが、徐々に居心地がよくなってきました。そして気づきます。居場所はこうやって作るものなのか、と。

子どもが夢を追ったり、学校で勉強をしたり、普通の生活ができるのは、彼らに居場所があることが前提です。彼らにはありのままの自分でいられる場所が必要なのです。そして彼らは大人が思っているよりも賢く、繊細であり、そして親や教師の体裁やことば1つ1つに敏感です。

私は高校の担任から「腐ったみかん」とあだ名をつけられました。純粋であるが故に、歪んでしまった思春期の心は、自分は好き勝手やっているにもかかわらず、大人の間違った行動は微塵も許せません。そして一生忘れません。そのような子どもたちは、社会が作りだした被害者なのかもしれません。

道を踏み外しそうな子どもが周りにいるなら、どうかうっとうしいなんて思わず、まっすぐに向き合ってあげてください。時間はかかるかもしれませんが、彼らを信じる周囲の大人たちの想いが、立ち直ろうとする時の糸口や突破口となるはずです。

この本を書くにあたり、感情が伝わりやすいように、敢えて言葉や感情をできるだけ当時の私に近づけています。冷静に考えられるようになった今、自分で読み返しても恐ろしい文面や衝撃的な内容も含まれていますが、ご了承ください。

〜この本を読んでくれている中高生の皆さんへ〜

今、家庭環境や人間関係に悩んで自暴自棄になったり、追い詰められたりしていませんか？　死んだ方がましだなんて思っていませんか？　私もそうでした。しかし昔の私のように周囲の環境を言い訳にしていては前に進めません。結局自分の人生を楽しく生きられるかどうかはあなたたち次第なのです。そのヒントになるようなものをこの本には詰めこんだつもりです。

食べるものも眠るところもなく、コンビニで牛丼を万引きし、風を避けるため貯水タンクの下で震えながら夜を過ごしていた私が、34歳で念願の医者になりました。決して褒められた人生ではなく、たくさんの人たちに迷惑をかけたことを正当化するつもりはありません。でも今は学費の借金こそありますが、毎日食べるものにも困らず、暖かい布団で毎日眠ることができ、長年夢見た仕事をし、そこで大好きな子どもたちと関わり、何より大切な家族と幸せに暮らしています。何歳でもやり直すことはできる。ただ早いに越したことはない。あなたたちの純粋で、貴重な感性を必要としている場所が必ずあります。

あなたたちの人生が誰かに左右されたものではなく、自分自身で歩める人生になるよう、心の底から応援しています。

幼少期（1982年〜1995年）

両親の離婚

「お父さんとお母さん、離婚するんよ。あんたどっちについていく？」

小学2年生の秋、突然の叔母からの一言。大人の都合の押し付けと、こんなに大きな家庭内の問題を叔母から聞かされるということに、小学生ながら両親に対して怒りを覚えた。

私はそんな両親に依存していないことを示すかのように、

「どっちがいいとかない。あっこと一緒にいく」

と表情を変えずに答えたのを覚えている。あっこはまだ1歳にもならない、8歳下の私の妹だ。弟は2歳下だったが、状況がよくわかっていない様子だった。この幼い2人を私が守らなければならないと思った。

父と母はよく喧嘩をしていたが、どこにでもある一般的な家庭だと思っていたので、離婚になることに少々困惑した。でも別れないで！　なんて懇願することはなかった。一旦決まってしまった離婚が、子どもの意見1つで覆らないことくらい、子どもの私にもわかっていた。ちゃんと両親が離婚の理由を話してくれたらアドバイスだってできるし、否定したりしないのに、なんて思っていた。今思い返すと、ちょっとませた子だったのかもしれない。

北九州市戸畑区という小さな町に私は生まれた。決して都会とは言えない町だったたが、田んぼはなく、虫やカエル嫌いの私にとってとても住みやすい町だった。家から徒歩数分のところにある、若戸大橋（若松区と戸畑区をつなぐ）という真っ赤な橋が好きで、よく眺めていた。

生まれてすぐは母の実家近くのアパートで暮らし、すぐに隣の若松区に引っ越した。引っ越しの理由はよくわからないが、きっと若松に父の実家があったからだと思う。当時の家の前で近所の子たちと、たらいの

弟とたらいのプール。

弟３才の誕生日祝い。

戸畑に住んでいた頃。家の前で。

弟。姉に従順で素直だった。

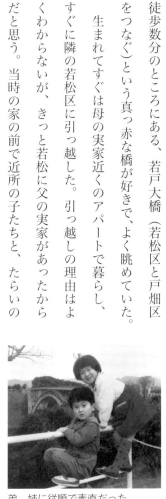

中で水遊びをしている写真がある。古い木造住宅にプラスチックのたらい。昭和のいい雰囲気が伝わってくる。

数年後、同じ若松区内に3LDKのマンションを購入し、父、母、私、弟、妹と5人で平凡に暮らしていた。同じマンションの子たちとは毎日のように遊んだ。当時の私はどちらかと言えば活発な方で、父は私のことを、いつも年下の子たちを連れまわしている、俺に似て親分肌だ、とよく自慢していたそうだ。当の本人は当時のことははっきり覚えていないが、確かにどんなことをして遊ぶか、誰を誘うかなど、いつも私が決めていたような気がする。

自宅マンションの前で母と弟と。

私は好奇心旺盛で、新しいものや場所を発見するとわくわくが止まらない。人が見つけないような場所を見つけては、秘密基地と呼び、大人が知らない世界で子どものコミュニティーを作り出していき、毎日そこそこ楽しんでいた。

家庭内でもこれといって変わった家庭ではなく、平穏な生活だった。私は父と母が結婚して3年目にようやくできた待望の子であり、両親にとてもかわいがられていたらしい。当時のアルバムを見返すと、たくさんの旅行の写真がある。そういえば夜中

母と。何かのお祭。

旅行の写真にはいつも父がいる。

に眠ったまま車に乗せられ、起きたら県外、みたいなことがよくあった。写真の中にはあどけない顔をして全力で笑っている私がいた。脳みそまで見えそうなくらい澄んだ眼差し、屈託のない笑顔。女の子にしてはちょっとやんちゃだったが、私はどこにでもいる、普通の子だった。この少女が数年後に腐っていくなど、誰が想像しただろうか。

妹はまだ小さかったので、母と一緒に暮らすのがいいという判断になり、私は弟、妹とともに母についていくことになった。

離婚が決まったとなればこっちにも準備がある。

戸畑祇園。お祭りが大好きな子に育った。

私は若松区の小学校に通っていたが、隣町の戸畑小学校に転校が決まり、仲の良かった友達に年末に引っ越すことを伝えると、登校最終日にプレゼントや応援の言葉をもらい、ほっこり、温かい気持ちで帰宅した。

ところが帰宅後、引っ越しは年末にするけど転校は3月にしよう、と母が言い出した。頭が真っ白になった。生まれて一度も駄々をこねたことはなかったが、初めて母に懇願した。もう友達にお別れを言ったから学校には行けない、考え直してほしい、と。何度も何度もお願いしたが、私の願いが通ることはなかった。冬休みを悶々とした気持ちで過ごし、年明け、複雑な気持ちで今まで通っていた小学校に登校した。教室に入るとすぐ、プレゼントをくれた友達が言った。

「転校するんやなかったん！　だましたね！」

私の心は声を失った。

戸畑区にある母の実家には祖父と祖母、叔父が住んでおり、離婚後はその向かいのマンションに引っ越し、転校までの３ヶ月間は、若松区の小学校までポンポン船（若松区と戸畑区を往復する渡船で若戸大橋の下を通る）とバスで1時間ほどかけて毎日通った。

始めは祖父と一緒に、慣れてくると1人で。ポンポン船ではいつも後方のデッキに乗った。船の近くでボコボコと音を立てて暴れる大きな泡は遠ざかっていくにつれて小さくなり、そして海の中に消えていく。それを見ているとどこか切ない気持ちになる。それでも目を離すことが許されない気がして、それをずっと眺めていた。

妹と。戸畑の祖母の家の前。

ポンポン船と若戸大橋。

ふと上を見上げると若戸大橋の真下。上を通っている人たちがはるか遠くの世界に住む人たちのように感じた。私は学校生活を楽しめるわけもなく、それまで明るく、活発だったのが嘘のように、存在感を薄くして日々を過ごした。

転校

生気を失った私だったが、何とか3月まで通う義務を果たした。ズル休みできたらどんなに楽だっただろう。でもそんな選択肢は思い浮かばなかった。親の決めたことを守るのは当たり前だと思っていたし、親の意見を覆させる能力も持ち合わせていなかった。ただひたすら、ロボットのように手足を動かして学校に通う。そのうちにつらいなんてことも考えないようになっていく。

転校前の春休み、祖父と実家の近くを散歩した。実家から戸畑駅まで歩いて5分。

渡船場までも5分。駅から渡船場まで、祖父はよく散歩に連れていってくれた。通り沿いにあるパン屋でパンの耳をもらい、駅前公園で小さくちぎってハトにあげた。パンの耳を投げると、そこにハトだかりができ、それがおもしろくなってたくさん投げた。バタバタと音をたてて集まってくるハトを見ながら、ふと年末に友達から放たれた痛烈な一言を思い出した。

「だましたね！」

いつもなら駅前公園がゴールだが、その日は祖父が特別に喫茶店に連れていってくれるという。私の浮かない表情に祖父は何かを察してくれたのかもしれない。今はなくなってしまったが、当時の戸畑駅には駅ビルが隣接しており、その地下に古びた喫茶店があった。そこへ向かう途中、女の子の声がした。

「あれ！　どこの子やろ」

小さな町だから、新参者がいればすぐに気づかれる。振り向くと見るからに元気のよさそうな、小学校高学年くらいの女子が興味津々にこちらを見ている。例の一件から引っ込み思案になっていた私はあまり話すことができず、祖父とその子が話しているのを聞いていた。その子の名前はまき。偶然にも私の転校先の小学校に通っており、背は高かったが同じ学年だということを知った。祖父は心強いと思ったのか、

「この子をよろしくね」

と嬉しそうにしていた。それからまきも一緒に喫茶店でアイスを食べた。

4月、転校初日。きりっとした女性担任に連れられ、3年1組の教室に入った。

「この子知ってる!!」

と聞き覚えのある声がした。まきだった。知り合い(とまで言えるかはわからないが)と一緒のクラスであることに少し安堵した。担任は黒板に「安部風子」と書き、私はよろしくお願いします、と挨拶しようとしたところ、

「台風や！　台風子‼」という男子の大きな声が響き渡り、クラス中に笑いが走った。風子という名前は当時珍しく、確かにネタにされてもおかしくない。担任はその男子に注意し、私は席に案内された。席に向かう途中、その男子の近くを通ったので、睨みつけると、ごめんごめん、と謝るような仕草をしていた。何だか笑えてきた。彼の名前はゆうすけ。今後私の人生に大きく関わる人になる。

転校後のクラス。左から３番目、上が私。

小学生。後ろから２番目が私、右上がゆうすけ。

父

転校後の学校生活にも慣れ、クラスメートに恵まれたこともあり、日々をそれなりに楽しく過ごしていた。しかし突然の環境の変化に対応しきれていない部分もあり、転校後は毎日のように父のことを思い出していた。

父は寡黙な人だった。会話をした内容が思い出せないほど、家ではあまりしゃべらなかった。寡黙だけどアウトドア派の父、休みの日は必ずといっていいほど私たちを外に連れ出してくれた。競馬場にもよく行き、馬券を選んだこともある。よーいどん、と馬が一斉に走る、私にとって楽しい場所だった。

若戸大橋が見える山で父と。

天気のいい日は住んでいたマンションの裏にあるグリーンパークという広い公園の周りを何時間もかけてよく散歩した。10キロメートル以上あるだろうか、何を話すわけでもないが、弟と3人、黙々と歩いた。父といると楽しいことが多かった。父親が出かける時、

「私も行く！」

が口癖だった。行きつけの居酒屋についていくことも何度もあった。しかし父はそれを嫌がらなかった。店では店主にいい娘だろう、と自慢していた。

「風子が成人して一緒に飲めたら楽しいやろうな」

早く大人になって大人の世界の仲間入りがしたかった。居酒屋に子どもが気軽に行けなかった時代、その場にいくことを許されなかった弟や妹を思い、優越感に浸りながらも、子どもと大人の世界の違いについて思いを巡らせていた。

離婚前のある日、私にとって大きな事件が起きた。母が風邪をひき、父がまだ小さい妹のミルクを作ろうとしていた。亭主関白の父、それまでミルクなんて作っているのを見たことがない。まだ寝ていた私はたたき起こされ、ミルクを作るよう命じられた。

「何（ミリリットル）作るん？」

と、私は寝ぼけながら質問すると、父は泣き止まない妹を抱いていてイライラしていたのか、

「ミルクに決まっとるやろうが！」

と私を地面にたたきつけた。

私はなぜ怒られたのかよくわからないまま、その場に倒れこんだ。物音に気づいた母が血相を変えて走ってきて、

「風子は何も悪くないじゃない！」

と覆いかぶさるように私を守ってくれた。悲しいことだが、これが離婚前の父の最

後の記憶であり、母が私を全力で守ってくれた、唯一の記憶にもなった。

この忘れられない記憶と、忘れたくない記憶が交互に頭の中に押し寄せてくる。

別れた人を想う時、人間とは不思議なもので、時間が経つにつれていい思い出が脳内の容量を占めていく。つまり、会えない人は美化されていく。子どもが３人とも自分から離れていったので、さぞかし寂しい思いをしているのではないか、あの暴力も追い込まれた末の行動だったのではないか、と父がかわいそうに思えてきた。

私は母に内緒で、父に手紙を書いた。私たちが住んでいる場所を知らないはずなので、会いに来られるように、返事が書けるように、と引っ越し先の住所も書いた。その手紙の返事は思いもよらぬ形で、忘れた頃に届いた。

父の膝の上が私の定位置。

ある日、母が言った。

「お父さんに手紙書いたでしょ」

母が手に持っていたものは、紛れもなく私が書いた手紙だ。しかもビリビリに破られている。手紙も添えられており、

「迷惑なのでもう送って来ないでください。かしこ」

とくしゃくしゃの紙に雑に書かれてあった。後に父の再婚相手の仕業とわかるが、この時は父からの拒絶であると判断してしまった。

母は離婚後、毎日のように父の批判をしていたので、今回手紙を書いたことを怒るのではないかと思っていたが、さすがに私に同情したようで、

「もうこんなことしちゃだめ。これが現実よ。お父さんのことは忘れなさい」

と言っただけで深追いしなかった。私の心は輝きを失った。私にもう父親はいないのだ。

母

母はまじめで、責任感の強い人だった。教員免許を持っていたが、父を支えるため専業主婦をしていた。母は東京にある津田塾大学の英文科を卒業し、イギリスに留学したこともある。女もこれからは外に出て働く時代になる、だから大学に行きなさい、と母方の祖父がよく言っていた。得意だった英語を武器に英語教員の資格を取ったが、それを取るのが遅かったらしく、正職員としては働けなかったようだ。外で働けなかったことは母にとってきっと大きなストレスであっただろう。しかし、離婚するまで母に怒られた記憶はない。優しい母だった。

七五三。3歳の頃。

離婚後は父親の役目も母親の役目も果たさなければならないと思っていたのか、毎日必死に働き、私たちを育ててくれた。しかしこの母の強い責任感が私にとって重圧となる。

門限は17時、市販のお菓子は身体に悪いので禁止、コメディー番組は禁止、テレビは1日30分以内。健康志向が強く、シャンプーもいい匂いのする市販のものは禁止で、無臭のものしか使えず、着色料や添加物の入った食べものを食べると怒られる。コンビニなんて行ったことがなかった。

髪を切る時だって、髪型まで指定される。私は髪を伸ばしたかったのに、あんたは髪が多いから短くしなくちゃ、と古風なオカッパにされ、泣きながら家まで帰ったことが何度もあった。流行りの服なんてもちろん買ってもらえない。一緒に買い物に行くことは数えるくらいしかなかったが、たまたま洋服屋の前を通った時に2000円くらいの流行りのスカートを見つけ、買ってほしいとねだるが、

「高いから無理、それにかわいくないじゃない。これならいいよ」

と300円のダサいTシャツを指さす。絶句。母に何かを望むことが少しずつなくなっていった。

転校後、まきはお姉さんのように私を助けてくれた。地元のおもしろい場所に連れていってくれたり、目新しい転校生にちょっかいを出してくる男子から守ってくれたり。右も左もわからず、右往左往していた私が『千と千尋の神隠し』に出てくる千尋だとすると、まきは千尋のしつけ役であるリンのような存在だった。

時々まきの家に泊めてもらった。初めて家に入った時、金髪パーマのおばちゃんが出てきた。その見た目の迫力にちょっと驚いたが、まきのお母さんだった。

「お母さん、こわくない？」

まきは大笑いしていた。

「めっちゃこえ〜よ！　私が髪染めたら丸坊主にするらしい」

「こわっ‼」

最初は緊張したが、慣れてくるとめちゃくちゃ優しいママだった。一緒に買い物に行き、スーパーで試食のウインナーを食べたり、家ではみんなでお菓子を食べながらゲラゲラ笑ったり、楽しくてたまらなかった。

「私、風子のこと好きよ」

まきのお母さんは、なぜか私を好きでいてくれた。私も大好きだった。まきとは今でも家族ぐるみで仲良しだ。先日まきの家に20年ぶりに行くと、まきのお母さんもいた。

「いらっしゃーい！」

あの時と何も変わらない。私が好きなママのままでいてくれた。また遊びに行こう。

家に帰ると現実が待ち受けている。ほっとひといき、居間に座ろうとすると、今まで誰と何をしていたの、週末は掃除をするから遊びに行くのはだめ、テレビはうるさいからつけないで……。

なんで私の家とまきの家はこんなに違うんだろう、と自分の置かれた家庭環境を恨み始めた。

離婚後に私たちが引っ越したマンションの部屋は2部屋しかなく、1つが食事や勉強をする部屋、もう1つが寝る部屋だった。つまり常に4人一緒にいる。母は過干渉であり、朝から晩まで監視される生活だ。

朝起きて、顔の洗い方が悪い、鼻のかみ方がへたくそ。宿題をすれば消しゴムの使い方が悪い。唯一、1人でゆっくりできるはずの風呂でシャワーの水を使いすぎだ、と扉をたたかれる。家に友達を連れてきても、友達まで怒る始末。

自分は何時間も長電話するくせに、私がたった数十分電話で友達と話していると、

「長すぎ！　急ぎの電話があったらどうするんね」

電話の相手に聞こえるくらいの大きな声でしかるので、

「あ、ごめんね。もう切るね」

と、友達も気を遣って電話が終わる。

「お母さんだって長電話するやん」

電話を切った後、私は言った。

「お母さんは電話代払ってる。あんたはまだ未成年。親の管理下にあるんだから、自由にはできないの」

この「あんたはまだ未成年」、「親の管理下」、という言葉が母の口癖だった。当然嫌気がさしてくる。早く大人になって自由になりたい。家を出たい。そう思うことが増えた。

居場所

家にいるのが嫌で、習い事（これに関しては自由にさせてくれた）を手当たり次第始めるが、すぐに飽きて辞めてしまった。そろばん、合唱、水泳、公文式、エレクトーン、習字、トランポリン、アイススケート、杖道（武道の一種）などなど。続いたものは1つもない。当然だ。母と一緒にいたくないだけで始めたのだから、やる気なんてあるわけない。今思えば決して裕福とは言えない環境で、これだけ経験をさせるのは大変だっただろうと思う。でも結局、習い事には私の居場所は見つからなかった。

隣の校区に「あつてんこん」という店があった。年季の入った店の中には大きな鉄板があり、駄菓子売り場やテーブルゲームが置いてあった。厚揚げ、天ぷら、こんにゃくのおでんを売っているお店だからそう呼んでいた。厚揚げ2枚と天ぷら1個、こんにゃく1個を注文する時は、「あつあつてんこん」と言うと店のおばちゃんが容器についでくれる。1つ20円くらいではなかっただろうか。

そこのハムマヨ（ハムとマヨネーズだけの薄っぺらいお好み焼き）が好きだった。大きな鉄板に慣れた手つきでクレープのように焼いてくれる。お金に余裕がある時はそこでジャガバターも焼いてもらった。若者のコミュニティーがそこにはあった。皆ほぼ無干渉で、思い思いにゲームをしたり、漫画を読んだり、あまりに居心地がいいので、よく行くようになった。

当然お金が必要になり、小遣いをあげてもらうことが不可能であることは承知していたので、私は家族からお金を盗むようになった。最初は母から、そして実家の祖母や叔父たちの部屋にも侵入するようになった。その頃にはもう祖父は他界していた。

別に祖母や叔父が嫌いなわけではなく、お金がほしいだけだった。そうしなければ私は外の癒しの世界に行けないのだ。だから必死に盗んだ。そうやって盗んだお金で外の世界をエンジョイし、いくらか癒された心も、家に帰ると一瞬で元通りだ。むしろ外の世界が楽しい分、家のちょっとした嫌なことでも大きなストレスに感じた。

「お母さんは教師なのに、子どもが泥棒なんて恥ずかしいじゃない」

「しっかり育てているのに、母子家庭だから子どもが不良なのよ、なんて言われたくない」

世間体なんて気にしてないわ、と言っていた母だが、頻繁に私がお金を盗むようになった頃からこんな言葉をよく言うようになっていた。そして母の過干渉もエスカレートしていく。仲の良かったまきに、

「あなたと仲良くなってうちの子が不良になった。もう近づかないで」と。

これには絶望した。親であれば子どもが大切にする交友関係にまで口を出す権利があるのか。

そして母は私が悪いことをした後、必ず罰を与えていた。友達からの電話をつながない、外出禁止、晩御飯抜きなどなど。それが大きな苦痛であったはずなのに、私は

「母の教え」と同じように悪いことをした友達に罰を与えるようになる。

命

小学校高学年になったある休日の朝、近くで火事があったというので見に行った。家から徒歩5分くらいのところで、風に乗って焦げた臭いがしてきた。当時の担任の姿が見え、私は、先生おはよう！と言いながらのんき気に近づくと、彼女は目を真っ赤にしており、ダメだったみたい、と言い残してその場を去った。ダメの意味が理解できなかったが、嫌な予感がした。

少し歩くと、人だかりがあった。そこには真っ黒に焼け焦げた2階建ての家があった。間違いなく同級生の男子の家だった。その子は明るく、クラスの人気者だった。その火事で彼やその家族、隣の家に住んでいた彼のいとこ家族も亡くなった。火事に気づいて逃げようとしたのだろう、彼は階段を下りる途中で、彼の妹を抱えた彼の父親は2階から飛び降りる姿のまま発見された。逃げる途中で大きな爆発が起こり、そのままの姿で固まってしまったようだ。

なんで、どうして。つい数日前まで元気だったのに。

私は動揺し、錯乱状態になった。今でもあの生々しく焼け焦げた臭いは忘れられない。

休み明けに学校へ行くと、彼の机の上には花瓶が置いてあった。

「夢じゃなかったんだ」

担任の目は充血したままだった。担任の報告にクラスのみんなは涙をこらえられず、しくしくと冷たく重い空気が私たちの呼吸を押し殺すようだった。私たちは彼に誓った。自分の命を大切にすることを。

少しずつ同級生の死を受け入れられるようになった頃、自宅に警察官が頻繁にやってくるようになった。母は口を割らなかったが、あまりに気になったので、玄関先でひそひそと話しているところを盗み聞きした。言葉すべてを聞き取ることはできなかったが、耳を疑うような真実がそこにはあった。同級生が巻き込まれた火事は放火であり、その犯人は母の教え子であった。そして母は犯人を庇うような供述をしていた。それを聞いた私は母が私の友達ではなく、人殺しの教え子の味方であるかのような気がした。私は混乱し、平静を保つために自分の感情をコントロールする必要があった。私の心は色を失った。

いおりちゃん

6年生の頃、仲の良い友達ができた。その友達の名前はいおりちゃん。彼女は本当に明るく、突拍子もないことをやって楽しませてくれるので、家でのストレスや憂鬱な気持ちを晴らしてくれた。彼女は私にないものを持っていて、一緒にいると毎日刺激的で楽しかった。

彼女に対する憧れも強かったように思う。よく自転車で2人乗りをして焼鳥を買いに行った。すぐ疲れるので運転は交代する。私は体力がなかったから、いおりちゃんが運転してくれることが多かった。私たちは1本60円の砂ずりを1本ずつ、お金がない時は2人で1本を分けて食べた。その時間が幸せだった。彼女はお金がなくなると、おばあちゃんからもらっていた。そこに一緒についていったことがある。

「ばばあ！　金出せ!!」

衝撃的だった。私にはいつも優しかったいおりちゃんが、家ではこんな状態なんだ、みんないろいろ抱えているんだ。平凡な生活をしている子どもたちには到底理解できない気持ちを、彼女となら共感できる気がした。

中学生になり、彼女の行動はエスカレートしていった。ある日教室の中で担任に何十発も殴られていた。私は何があったんだろうと様子を覗っていた。当時生徒が殴られることは日常茶飯事であり、それほど気にも留めていなかった。ところが次の瞬間、いおりちゃんはトイレに猛ダッシュし、そこに置いてあったサンポール（トイレ洗剤）を隣の家の窓を目がけて投げた。いおりちゃんはまた怒られることになるが、当時はそんな事件がおもしろく、刺激的であった。ただ少しだけ、なんともいえない違和感を感じていた。

ありったけの怒りのエネルギーとともに放たれたサンポールを見て爆笑するクラスメートと、怒りの矛先をどこへ向けていいかわからずにもがく少女。今振り返ってみるとそこには大きな隔たりがあった。そんな時でもなぜそんな行動に至ったのか、その子がどんな環境で生きているのか、そんな背景まで気にかけてくれる大人がどれだけいただろう。そんな大人が多ければ、彼女はそこまで苦しまずに済んだのではないか。

彼女もまた複雑な家庭で育った友達の1人だった。両親はいるはずだが、家に遊びに行ってもおばあちゃんにしか会ったことがない。私はその詳細を聞こうともしなかったし、それがどうであれ、私と彼女の交友関係に何の影響も与えないことは明らかであった。

あれから20年経った今、いおりちゃんは立派に家庭を守る母だ。私には決してできないような大きな試練を乗り越え、強く、たくましく、愛情深く生きている。なぜ私たちはこうなったのか、どうすれば親への憎しみは消えるのか、などと議論する貴重な友達だ。

私もいおりちゃんも運動音痴だった。正確に言うと、いおりちゃんは運動ができるのに、あまりにできない私に合わせてくれていた。私の運動神経はちょっと悪い、というレベルではない。50メートルは10秒以上かかっていたし、マラソン大会では走り終わる頃には本部が片づけられていた。運動が好きになれるはずもない。運動会の前の日は休ませてほしい、と泣いていた。学校の体育も大嫌いだった。

でもいおりちゃんは私にいつも付き合ってくれて、「ひとり」であることを感じさせないでいてくれる、有難い存在であった。

しかし、ひょんなことから彼女と喧嘩してしまう。その後、新しい友達はできたが、彼女が与えてくれたような刺激的な毎日ではなくなった。私の家庭は相変わらずであり、学校での不満を母に話せるような関係ではなかったので、自分の中でのストレスをうまく解消できず、イライラはたまっていく。

そしておとなしめの罪のない友達に矛先が向き、いじめの対象にする。1人をターゲットに決めると周囲にいた子たちが、自分はいじめられまい、と私の都合のいいように話を合わせ、傍にいてくれる。いじめの理由はなんでもいい。話しかけたのに無視したとか、私に同調しなかったとか。そういう口実を作り出すのは容易かった。人をいじめている時は孤独感がないのだ。そのうちにいじめるという刺激が楽しくなってきてエスカレートしていく。そして母や教師に対する反抗も加速していった。

恩師

私は3歳の頃から喘息を患っている。小学生の頃は夜中に呼吸が苦しくなり、病院に駆け込むことも少なくなかった。近くの総合病院でお世話になることが多く、この時の主治医が神代先生という女医さんだ。

神代先生は黒髪のボブで、いつも膝丈のスカートと、低めのヒールを履いて、白衣をまとっていた。年齢は40歳くらいで、子持ちのママさんドクターだった。頭の回転が速いせいか、とても早口で時々何を言っているのか聞き取れないが、責任感が強く、子どもに優しい先生だった。

きりっとした雰囲気だから最初は何だか怖かったが、驚くほど純粋な目をしている。生まれた頃、人は皆透き通った目をしているが、大人になるにつれて、目はくすみ、少し偏ったものの見方をするようになってくる。でも神代先生の目は違った。子どものようなきれいな目のままだった。

彼女と目線を合わせた時、その目が獲物を捕らえたかのように私の目の奥まで見透かそうとする。当時の私は素直な心に、温度を通さない固い鎧を幾重にも重ねており、そこらへんの大人には表面にある鎧しか目に映らなかったはずだ。だから私の本心を知る大人はいなかった。私のことを頭が悪そうで底意地が悪い、何を考えているのかわからない子と思っていただろう。それでよかったし、狙い通りだった。

しかし神代先生はその奥底にあった私の本当の心まで見透かしたのだ。それを最初に感じた私は戸惑うことしかできなかった。他の大人には持ち合わせていない能力が彼女にはあるような気がした。あの目で見つめられたら、私は本当の私でいるしか選択肢がない。

神代先生は私の喘息の調子が悪い時は最優先で診察してくれた。家庭があるはずなのに、夜中に病院に行くと、自宅からいつもすぐに駆けつけてくれた。どんなに遅い時間でも、嫌な顔1つせず、私の治療をしてくれた。呼吸苦から解放される気持ちも重なり、医者ってすごいな、と漠然とした憧れが生まれたのもこの時期である。

そして喘息になると母が優しくしてくれることや、夜中に病院までドライブできること、神代先生と会えることもあって、一度だけそんなに苦しくもなかったのに病院を受診したことがある。その時は不思議と先生は来てくれなかった。何でわかるのだろう。残念な気持ちもあったが、私は少しずつ先生に心を開き始めた。

ある日、喘息発作が起きてもいないのに、先生の方から連絡があり、私は病院に呼び出された。そしていきなり怒鳴られた。

「あんたみたいな子が不登校児を作るのよ！　許せない！」

何の前置きもなく、何について話しているのか始めはわからなかったが、先生の思いの強さを感じ、その言葉を鮮明に覚えている。先生はこの頃、いじめで学校に行けない子どもたちと関わっていたのだろうか。それで私のようないじめっこが憎かったのかもしれない。

きっと母から何か相談を受けたのだろうが、いじめっ子を怒るためだけにしては多忙の神代先生が私のために時間を割く理由には足りない気がした。子どもの病気を治療するはずの小児科の先生がどうして私の私生活のことで怒るのか、不思議でたまらなかった。その後にこんな話もしてくれた。

「私の時代は女が社会に出るなんて許されなかった時代。勉強なんてしなくていいと親から言われていたから、私はロウソクの明かりの中でこっそり勉強していたの。あんたは勉強できる環境にあるんだし、それに賢い。お母さんも応援してくれるはずよ。医者になればいいじゃない」

彼女は普通の大人が理解できない私の感情を読み取ってくれた。怒られたり、褒められたり、感情が忙しくて少々混乱したが、先生の愛情を感じた。多忙の中、私と向き合ってくれているのを感じた。何だかよくわからないが、先生は私に期待してくれている。世の中の大人が皆私を敵視するのに、先生だけは違うのかな。

思い悩む子どもたちには、単なる優しさよりも厳しさよりも「向き合う」ということが大事なのだ。先生の気持ちはとても有難かったし、変わらなくてはいけないような気にもなったが、家に帰った瞬間から始まる母の過干渉が、その気持ちをかき消した。意思が不安定な思春期。頑張ろう！　というまっすぐな気持ちは、大人の悪意のない、取るに足らないと思っているようなことがきっかけでへし折られるのだ。後にこの先生は私の上司となり、私は彼女の下で働くことになる。

いおりちゃんからの手紙

風子へ

医師国家試験合格おめでとう！

そして「腐ったみかんが医者になった日」に登場させてくれてありがとうね。よっぽど高校の先生に「腐ったみかん」と言われたのが悔しかったんやなぁ～。今となっては、タイトルになってしまって、その先生には腹が立つけど、感謝しないといかんね（笑）。

私は、小学生の頃の風子がいつもお母さんに怒られ、毎日悔しそうな顔をしていたのを鮮明に覚えています。風子が気づいたかどうかわからないけど、あの「悔しそうな顔」は昔の私と同じ顔だった。今思えばあの表情は、世間に対する怒りの感情を子どもの立場でどう表現していいかわからず、もがき苦しむ様子を表していて、そしてそんな顔をするたび負の連鎖に陥っていく。そんな子どものSOSだったような気がします。

小学生の頃はほんといつも一緒にいたよね。私たちは生きる環境に苦しむ子、という共通部分があったけど、内面は全く違った。私はどちらかと言うとユーモアというか、人を笑わせたり、その場を楽しく盛り上げたりするのが得意だったけど、勉強は全然だめだった。風子は逆よね、おもしろいことを言う才能全くなくて（笑）、でも勉強は本当にすごかった。確かに反抗してやらないからテストの点数はひどかったけど、勉強している姿、他のガリ勉とは雰囲気が全く違って、強い才能を感じていたし、そこがうらやましかった。風子も私に憧れてたって言ってたね。

一緒にいると楽しい、って。お互い求めるものとない部分が真逆だったから惹かれあってたのかな。

　風子のお母さんに「風子の勉強の邪魔になるけ帰れー!!」って私がどなられたことがあったよね。あの時も風子すごく怒ってた。辛そうだった。私に申し訳ない、って。でも私はそう言われて当然だな、って思ったんよ。風子に対するお母さんの期待は恐ろしいほど強くて、一人親で完璧に育てようとしてた。きっと風子の勉学に対する才能を感じてたんじゃないかな。だから私はそれを邪魔しちゃだめだな、って少し距離を置くようになった。

　風子と私は違った環境で育ったけど、でも同じようにグレた世界にいた風子が、あの世界から抜け出したどころか……医者ってねっ！　医者になったのがすごいと思ってるんじゃなくて、お母さんのエゴではなく、自分の意思で医者になったことがすごいんよ。「母の言いなりにならない！」って気持ちがここまで遠回りさせてしまったのかな。

風子の好きなところは優しいところと素直なところ。外ではガッツリ不良みたいなことやってたけど、友達には人一倍優しかった。いつも自分の気持ちに正直でうそつかないし、かなり目立ちたがり屋でもあったね。高校では疎遠になってしまったけど、同窓会で久しぶりにあった時、風子は医者になっても風子のままだった。正直、えらくなって変わってたらイヤだなとか思ってたんよ。上から話したり、人をバカにしたり、そういうところが全くなくて、むしろ私たちにいろいろダメ出しされるもんね〜（笑）。そういうところが魅力だよ。

今風子はやっと自分の本来の姿に戻れ、自分の人生を歩み始めた、ただそれだけのことのような気もしてます。昔どん底を経験して、これ以上辛い日はない、そういう経験があったからこそ、成し得たことなのかもしれないね。
風子の様に私も現状維持ではなく、何歳になってもチャレンジすることを誓います♡
再会出来て良かった。ありがとう！

いおり

左から私、いおりちゃん、まき、まり。

非行期

中学生

小学校からほぼ持ち上がりのメンバーで区内の公立中学校に入学したが、個性が強い人が多く、私はそんなに目立つ方ではなかった。中学に入り、成績は良い時は70人中10番で、勉強に困った記憶はないが、そんなに出来が良かった記憶もない。

私はまきの勧めでバスケ部に入ったが、先にも言ったように、私は運動会の徒競走で差が開きすぎて拍手されるほど運動音痴であり、バスケなんてやったこともなかった。当時はスラムダンク全盛期であり、何となく楽しいかな、と軽い気持ちで入部した。

しかしそれが大きな間違いであったことはすぐに痛感させられた。私が入部したバスケ部は練習前のアップで、先輩も一緒に、しかも男女合同で四角パスをする。当然先輩のスピードについていけず、必死に追いついたと思ってもキャッチする力がない。入部したての1年生の女子だから、きっと手加減して優しく投げてくれていたのであろうが、その手加減パスでもキャッチできないのだ。そんなレベルだから試合どころか練習にもついていけないものだから、入部後1ヶ月で辞めてしまった。

1年生の担任はチンパンジーに似た気の弱そうな50代くらいの女性の先生だった。気の強いクラスの女子と、いつも言い合いになっていて、それを見て笑うのが楽しかった。

先生が黒板に字を書いている時に消しゴムのカスを投げるのが流行っていて、時々気づいて激怒する姿が爆笑だった。先生に何かされたわけではなかったが、話し方とか、上から目線なところが気に障った。学級崩壊はエスカレートしていく。授業中、先生と取っ組み合いになったり、教室を抜け出して隣のクラスまで匍匐《ほふく》前進したり。掃除の時間は廊下を水浸しにし、端からダッシュで滑り込みをした。もちろんバランスを崩せばびしょ濡れになる。そんな刺激的で楽しい学校生活だった。

ある日、美術の先生が転任してきた。当時珍しかったロン毛の男の先生で、ギターを弾いていた。その姿に嫌悪感がわき、私は、

「キモイ歌作んなちゃ」

と言って友達と爆笑した。それからその先生は学校に来なくなった。

先生いじめが加速する中、いつも通りの賑やかな授業中に担任が、

「もういい！」

と教室を出た。私は友達と盛り上がっていたので何があったかはわからないが、きっと誰かと言い合いになったのだろう。もしくは誰も授業を聞いていないのが嫌になったのかもしれない。「優しい先生」では収束不能になった私のクラス、次の日から

担任がリーゼントの赤ジャージに交代した。

中学1、2年生の頃は人間関係でもめた。バスケ部を辞めた後、同じように退部したまきとまた一緒に入りなおした陸上部（もちろん走る気はない）では、毎日部員と言い合いの喧嘩をした。時間をもて余した女子が集まれば、必ずと言っていいほどもめごとは起こるものだ。

陸上部といっても名ばかりだったので、走ることはめったにない。武道場に集まって毎日遊んだ。じゃんけんに負けた人から順番にうつぶせになり、次々と積み重なったり、マットにぐるぐる巻きになって遊んだりすることもあった。今考えると死ぬかもしれないような危険な遊びをよくしていた。毎日がサバイバルだった。

陸上部に入ってからは、まきとまりと3人で行動するようになった。まりは一見穏やかそうだが芯が強く、怒るポイントとか笑いの感覚が似ていて、一緒にいて楽しかった。悩みがある時は1番の相談相手だったし、お互い歌が好きで、体育館前に座り、流行りの歌とか合唱曲をよくハモっていた。

この時期はルーズソックス全盛期であり、ソックタッチ（ルーズソックスが落ちないようにふくらはぎに塗るノリのようなもの）をつけ、くだらない話に盛り上がった。プリクラもよく撮ったが、当時は今のような全身写るタイプではなく、顔しか入らないし、しかも画質がとても悪く、当時のまともなプリクラが残っていないのが残念だ。

左から私、真ん中がまき、その右がまり。

入部していた陸上部での遊びや争いもそれなりに楽しんでいたが、もめごとがあるたびに集まり、誰が裏切ったとか、無視されたとか、だんだん女子の世界に疲れてきた。

中学3年生になってからはゆうすけたちとつるむようになった。転校初日に台風子と馬鹿にしたあの男子だ。男の世界は単純だ。嫌なことはその場で嫌といい、イライラしたらその場で喧嘩をする。後からネチネチ蒸し返すことはなく、翌日には何事もなかったかのような時間が流れる。そこはとても居心地がよかった。

運動会

運動会が大嫌いだった私が、たった1度だけ楽しめたのが中学3年生の運動会だ。2クラスしかなかったためか、全員が個性を知り尽くしており、団結力があった。何かに夢中になると、みんなの情熱が集結して、大きなものを成し遂げる潜在的な力があった。

男子の組体操は、見ていて息が止まるほど見ごたえのあるものだった。私たちの地元、戸畑区は戸畑祇園大山笠が有名だ。今はユネスコ無形文化遺産に登録されている。中学生の頃から半ば強制的に男子全員が参加していたのだが、そのおかげか、男子はみんなパワフルで頼りがいがあった。そんな彼らが気持ちを合わせて作り上げた3段タワーやピラミッドは、どこの学校よりも美しかった（欲目）。

女子の創作ダンスもよかった。体育委員が歌やダンスまで考え、教えてくれる。もちろん私は彼女たちの足を引っ張ってしまったが、それでも根気よく教えてくれ、本番での完成度も高かった。

最後の種目は全員リレー。前の日から私がプレッシャーで吐き気と闘っていたのは想像できるであろう。全員リレーの走る順番を決める時、私を何番目に走らせるか、でクラス会議が開かれた。最初に走らせれば後から追いつくのに時間がかかる、最後にこけてもやばい、という感じで。なかなか傷つく内容であるが、現にお荷物な私には発言権がない。結局私は前半に走ることになり、その前後で男子のリレー選手が走ってカバーしてくれることになった。

私の前はヒラメ。ラグビーをやっており、見た目は真っ黒で筋肉質だった。私の後ろはゆうすけ。ミニバスのキャプテンをしていた頃に九州大会に出場し、弟はのちにプロのバスケ選手になったくらいだ。役者はそろった。

本番ではあっという間に私の番がやってきた。さすがヒラメ、ぶっちぎりで私にバトンをつないでくれた。1人100メートル走るが、すでに50メートルは差があいている。普通に走れば余裕で勝てる。しかし一緒に走る相手はそこそこ早い男子、そして私は筋金入りのスローランナーだ。みんなの熱い思いを知っている分、負けるわけにはいかない。とにかくこけないように走ろう。バトンを受け取った手が汗でつるっるすべる。バトンを落とさないように、こけないように。100メートルは想像以上に長く、相手が迫ってくるのがわかる。

「風子！　風のように走れ！」

見た目は完全にヤクザの風格をした、貫禄のある体育教師がマイクを使って大音量で放った言葉だった。

「ちょ、ちょっと、目立ちすぎるんですけど！」

みんな笑っているようだったが、私にはそんな余裕はない。声援とも絶叫ともとれる声が響き渡っていた。必死に走り、何とかバトンをゆうすけにつないだ。彼もまた瞬足だった。驚くほどの速さで相手との差を広げていく。

走り終わって気づいたが、私は一緒に走った相手とほぼ同時にゴールしたのだった。ゆうすけはいつもふざけていて凄さが全くわからなかったが、この時、この瞬間だけ本気で尊敬した。ありがとう、前後の瞬足の2人。そして私たちのクラスは全員リレーに勝った。最高に楽しい運動会だった。

野宿

刺激的な中学生活を満喫していたある日、母の乳癌が発覚した。当然手術をするものだと思い込んでいたが、母はしないと決めているようだった。民間療法で治すというのだ。私と母は口論になった。子どもの浅い知識だが、初期の乳癌だし、手術をすれば治るかもしれないのに、と思った。しかし母は強情である。私の意見はまたも聞き入れられず、私の心はついに温度を失ってしまう。

私は家を飛び出した。あたりは真っ暗。この日から私の深夜徘徊は始まる。

夜は毎晩のようにゆうすけたちと集まり、たわいもない話をし、朝方帰る。夜中家族が寝静まった頃に家を出るのだが、帰った時にカギが閉まっていることがよくあった。そんな日はカギが開く朝まで待たなければならない。

春先でも朝方は寒い。夜中に風が来ない場所を探し回り、やっと見つけたのが、住んでいたマンションの貯水タンクの下にあるスペースだ。高さ70センチメートル、幅1メートル、奥行き3メートルほどで、しゃがんで入ると風がほとんどこない。雨が降った日は最悪だ。地べたに座れないから、中腰で朝まで過ごすことになる。窮屈だが、誰にも邪魔されない安心感がある場所だった。

数々の野宿の中で忘れられない夜がある。ある春の日、友達カップルと私の3人で、若松駅近くで遊んでいた。ポンポン船で帰ろうと思っていたのだが、最終便に乗り遅れてしまう。途方にくれ、屋根しかないポンポン船乗り場で朝を待つことにした。お金もほとんどなく、他にいい手段が思いつかなかった。

最初は楽しく話していたが、だんだん冗談も言えないほど寒くなる。彼らは2人でくっついて何だか楽しそうだが、私はくっつく相手がいない！　足を組んだり、手をこすったり、自分で自分を温めるのに必死である。

深夜2時くらいになると手足の感覚がなくなってくる。ましてやそこは海沿いであり、海風が寒さに拍車をかけた。あまりに寒いので、どこか暖かい場所を探そう、と歩いているうちに、小屋を見つけた。バスの待合室なのか、ベンチもある。入口の扉はないが、開いているのは海と反対側なので風よけにはなる。私たちはそこに入り、朝まで過ごした。

その小屋には海が見渡せる窓があり、遠くの明かりや船を見ながら、自分の運命を恨んだ。朝までの時間は途方もなく長い。本当に朝は来るのだろうか、とさえ思う。何を伝えたいかといえば、こんな状況になっても家に帰りたくないということだ。母に迎えに来てもらおう、なんて全く思わなかったし、それだけは絶対に嫌だった。どんなにつらくても家よりましなのだ。

そんな夜を過ごしながらタバコを吸い始めるようになる。初めて吸った時、喘息があるせいか、胸が締めつけられるように痛くなった。でもそれが心地よかった。自分を痛めつけ、その実際の痛みで心の痛みを紛らわせる。そしてそれを見て傷つく母をみるのが快感であった。「あなたの子育ては間違っている」そう伝えたかった。

リーゼント

夜中に歩いていると職務質問にあうこともあるが、名前を聞かれて早く帰るよう言われるだけだったから、特に問題にならなかった。

週末になると隣町の不良も集まり、いろいろなことを覚えていく。けんかのやり方、万引きの仕方、自転車や原チャリの盗み方。この時代の自転車のカギは、身近なもので簡単に開けることができた。それがおもしろくて調子にのって自転車をたくさん盗んでいると、警察に見つかり、家庭裁判所の審判を受けることになった。審判では罪をとがめられたが、もうしないように、と言われただけだった。

「鑑別所にも入らなくていいのか」

ちょっとがっかりだった。警察に補導されることも増えていくが、捕まることはちっとも怖くなかった。むしろ家にいるより少年院に入った方が楽だと本気で思っていた。

週明け学校に行くと、教室に入る前に「お仕置き部屋」に連れて行かれる。担任はリーゼントの赤ジャージだ。容赦なく殴られる。当時は体罰ＯＫの時代だ。私たちも殴られることに対して違和感はない。彼は本気で怒った時におでこに血管が浮き出る。これを見て、彼の怒りレベルを測っていた。

教室に戻ると同じく怒られたであろうゆうすけがこっちを見ている。どういうわけか、席がいつも近かった。

「おまえ何発殴られた？」

「7回やったかな？」

「うわ、ずるい。男女差別や。俺蹴られたし、10発以上やし！」

「はは～どんまい（笑）」

お仕置きからの雑談。これがまた楽しい。初めて殴られた時は痛かったし怖かったが、2回目以降は痛みもそんな感情もなくなる。あーやってしまった、あの時あいつの逃げ足が遅いからこんなことになるんよ、と、殴られても反省なんかあるわけない。

意外に思うかもしれないが、リーゼントはいい先生だった。担任が変わってから、学級崩壊はなくなり、普通の授業ができるようになった。あの頃の子どもたちは怖い先生だと言うことを聞く、そういうものだった。

リーゼントは厳しかったがイベント好きで、運動会で優勝した時、コンビニで全員分のジュースを買ってくれた。当時学級委員だった私は買い物の手伝いをした。こういう非日常が楽しかった。

学校自体は楽しかったが、夜中遊んでいて眠いのと、週明けにいつも怒られるので学校に行くのが億劫になり、一度だけ登校しなかったことがある。すると突然リーゼントが家にやってきたのだ。突然車に乗せられ、一言も話さなかった。

学校に連れて行かれるとばかり思っていたが、着いたところは喫茶店であった。ついてこい、みたいな目線だったので、私はそわそわしながら店に入った。しかしリーゼント!!　いつもの赤ジャージではないか。しかも私は制服だし、目立ちすぎる。店員も不審に思ったのだろう、援助交際目撃！　みたいな顔でチラチラこっちを見ながら、席に案内した。

席についてメニュー表を渡され、リーゼントは何を頼んでもいい、と言った。最初にパフェが目に入ったが、もぐもぐしながら説教されるのは勘弁だな、と無難にオレンジジュースを頼むことにした。リーゼントはアメリカンコーヒーか何かを注文していたような気がする。

「おまえ、今日怒られると思って休んだんやろ」

図星だった。静かにうなずくと、

「今日は怒らん。でも何があっても学校には来い。事件か何かに巻き込まれたらいけんやろ」

その日リーゼントと話したのはそれだけだった。何だかよくわからなかったが、学校に行こうと思った。

仲間

夜はよく大津の家に集まった。大津は母子家庭で、アパートの2階に母と妹、1階に大津が住んでいて、実質1人暮らしのようなものだった。晩御飯にありつけないことが多く、みんなの小銭を集め、近くのコンビニでカップ麺を買う。そして朝までだらだらくだらない話で盛り上がる。男友達とつるむようになってから、彼らの中では、私は男として扱われた。そっちの方が性に合っていて、居心地がよかった。よく不思議に思われるが、つき合うとか、身体の関係とか全くないのだ。「きれいな」友情だった。

しかしそんなこと周囲には通用しなかった。大津の家に私が泊まったことを知ったリーゼントは発狂する。そして大津も怒られる羽目になる。私が女だから、という理由だけで。男女差別ではないか。私は自分が女であることを恨んだ。

小中学同級生。左から２番目がいおりちゃん、私、まき、ゆうすけ、一番右が大津。

大人になってもずっと仲良し♡

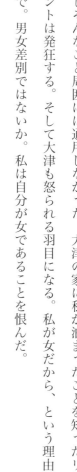

バクチク

家に居づらくなった子どもたちは、町に出る。小さな町だから、歩いていると同じように居場所探しの友達に会う。出歩くのは決まって夜だ。家族と一緒に過ごすはずの夜。そして毎晩出歩いていると、刺激がほしくなる。

ある夜、ゆうすけが市民プールに行こうと言い出した。深夜の誰もいないプール。夏だったから、水はきっときれいなはずだ。あたりに誰もいないことを確認し、鉄格子を乗り越えた。わくわくが止まらなかった。服のままドパーンと飛び込んだ。その気持ちの良いことと言ったら。楽しくてたまらなかった。

別の夜は泊まっている船に乗り込んだ。運転席に入

深夜に忍び込んだ市民プール。

ろうとしたが、カギが閉まっていて、船を動かすことはできなかった。

「誰か来る！」

逃げ足だけはみんな早かった。一瞬にして散り散りになる。そしてほとぼりが冷めた頃、いつもの場所に集合する。

男友達と遊んでいる時でも、まきとまりとは仲が良かった。３人でまきの家にお泊まり会をするため、まりの塾にまきと迎えに行ったことがある。なかなか塾が終わらず、暇をもてあましていた。そこでお迎えの合図にバクチクを鳴らすことにした。

静かな夜に鳴り響く爆音。音に驚いて飛び出してくる塾の先生。笑いが止まらなかった。

「もう！　授業中笑いこらえるの大変やったんやけ！」

講義を終えたまりと合流して、バクチク話に盛り上がった。

ポケベル

中学を卒業するまで、担任はリーゼントのままだった。卒業ぎりぎりまで、私は担任にかわいがられながらも怒られ続けた。

当時は携帯電話がない時代。ポケベルが流行っており、家の電話を使うと怒られるので、どうしてもほしかった。購入時に親のサインが必要だったが、母がサインしてくれるとも思えず、自分でサインした。そして確認のために電話会社が親に電話するのだが、これは友達に親役をお願いした。

やっとの思いで購入した、キティちゃん柄のポケベル。嬉しくて、購入翌日に学校に持って行った。席が1つ後ろだったゆうすけに自慢気に見せると、

「めっちゃかわいいやん！　ちょっと見せて！」

彼にポケベルを手渡すと、チャイムが鳴り、リーゼントがやってきた。朝の健康観

察をしていると、

「♪ピピピピ」

と後ろからベルが鳴るではないか。私は振り返ると、パニック状態のゆうすけがいた。もちろん即没収。苦労して手に入れたそのキティちゃんのポケベルと過ごせたのは、たった一晩だけだった。

大人になった今も彼と交流があり、あのポケベル返せ!! と笑いのネタになっている。そんなアホの代表みたいなゆうすけだが、本当にいいやつだった。ある日、夜道を徘徊していると、シンナーを吸っている集団があった。顔見知りだったので、

「なにそれ～おもしろそう！」

と言った私を引っ張って違う場所に連れて行き、

「あれはやめとけ」

と忠告してくれた。何も怖いことがなかった時代。あの時彼が止めてくれていなか

ったら、今の私は薬づけだろうか。

この頃の私はどうやったら少しでも家から出られるだろうとか、学校では何かおもしろいことをやってやろうとか、そういう次元のことばかり考えていたので、試験なんてまるで興味がなかった。授業中もそんな調子なので、自ずと成績は下がっていく。

中学3年生になると、通知表に1が出現した。国語と理科。嫌いだった記憶はある。一方で数学は5を取っていた。通知表で1と5を同時に取ったことがある人に私は未だかつて会ったことがない。数学が好きだったこともあるだろうが、担当教員に対する好き嫌いが大きかったのではないかと思う。

先生次第で授業を聞くかどうか判断する、そういう子どもだったのだ。いい成績を取ると、その教科の先生に服従しているような感覚になり、癪《しゃく》だった。大人の操り人形になりたくなかったのだ。定期試験では70人中60番台に突入していた。

高校生（私立高校）

高校受験では私立高校しか受けなかった。当時の公立高校には冷暖房がなかったのが理由だった。私が通うことになる偏差値50ちょっとの進学校である女子校の受験の日。まともに授業を聞いていない私が試験問題を見ても解けるはずもなく、開始5分である程度終わってしまった。もちろん空欄だらけ。

どうしてもその高校に行きたかったわけではなく、みんなが高校に行くから受けているだけだったので、試験に落ちることに対する不安は全くなかった。とはいえ、あまりに時間が余って暇なので、六角形の鉛筆のそれぞれの面に自分で番号を決め、鉛筆を転がして答えを書くことにした。三菱マークの面が出たら①、その隣の面が②、その隣が③、三菱マークと反対の面が出たら④、という具合に。正誤問題であれば三菱マークとその両端が〇、それ以外が×だ。そしてなぜだかわからないが、変な偶然が私を合格させてしまった。

高校入学当初、なめられてはいけない、とちょっと不愛想に過ごしていた。そのせいか、近寄ってこない人が多かったが、何人か話しかけてくれた。1番印象的だったのはあや。キラキラとした目とかわいい声の持ち主で、私の言動や持ち物に興味を示していた。後に再会した時、

「あの時、風子に憧れてたんよ～。なんかかっこよかった！」

とお褒めのことば？をもらった。彼女も苦労が多く、なぜか頼ってくれたので、相談に乗ることも多かった。彼女の優しいオーラのおかげか、その後は少しずつ友達も増え、学校生活を楽しめるようになった。

恐いものがなかった高校生の頃。

家庭環境は相変わらずであり、私はまた少しずつ荒れ始めた。お金がないので、昼食は友達にちょっと圧力をかけて奪ったり、食堂のごはんを勝手に食べたり。次第にまともな友達は私から距離を置くようになった。

夜は出歩くことが多く、昼間やたら眠いので、授業中は完全に睡眠時間だった。そのうち学校に行くのも面倒になったが、朝は母に無理やり家から出されるので、学校に行きたくない日は電車で山口県の下関から熊本県に近い大牟田まで、行ったり来たりしながら睡眠をとったり、折尾駅のミスタードーナツで友達とズル休みして楽しんだりしていた。

ルールを守ることが苦手、というより、破ることが好きだったような気がする。

見た目も少しずつ変わっていった。パーマをかけたかったが、お金がなかったから、寝る前に三つ編みして、起きたら完成している貧乏パーマ。目がきつく見えるようにアイライン、ダボダボのセーターに短いスカート。ペタンコにつぶしたバッグには、ミルキーペンで好きなバンド名を書き、タバコ、ライター、メモ用紙、筆記用具、化粧道具が入っており、人形のキーホルダーがたくさんついている。

なぜかピンクのタオルを肩からかけるのが私のスタイルだった。その頃はルーズソックスの全盛期は終わっており、紺色の長いソックスを履き、黒のローファーを履きつぶしていた。

外見も派手になっていくが、やることも豪快になっていった。家の最寄り駅から数駅離れたお店で、ドラマのＧＴＯを見て好きになった反町隆史の等身大パネルを見つけた。

「これ部屋に置いてたら、寝る時も寂しくないかも！」

お店の人に値段を聞くと、売り物ではないとのこと。買えないという現実にムカついた私は、次の瞬間パネルを担いで歩いていた。あまりに堂々と持っていたので、誰も止める気にならなかったのであろう。

160センチ以上あったであろうか、反町さんが女子高生に担がれている光景はきっと滑稽であったに違いない、すれ違う人たちは皆振り返っていた。それがまたおもしろかった。私は反町さんと一緒に電車に乗り、部屋のどこに置こうか、ウキウキして帰った。私にやれないことはないんじゃないか、そんな気にもなった。

ライブ

夏前に高校の文化祭があった。隣接していた男子校と合同で開催され、生まれて初めて生ライブを見た。ボーカルのキラキラした汗、楽器の直の音とスピーカーからの音が混ざる感じ、そして心臓に響くドラムの音。現実のものとは思えなかった。音楽に包まれている間はつらいことや嫌なことを考えなくてすんだ。

その頃から折尾駅近くのデルソルというライブハウスに入り浸るようになる。

学校が終わるとそのままライブハウスに向かう。家とは逆の方向だったが、当時は定期券を駅員に見せるだけで駅から出られたので、駅の範囲は違ったが定期券をちらっと見せるだけで気づかれずにホームから出られた。時々呼び止められることがあったが、すみません、と平謝りすればすぐに開放された。

そんなことも続けば面倒になってくる。そんな時、ちょうど都合がいいように私に嘘をついた友達がいた。どんな内容か覚えていないくらい些細なことだったように思う。その友達は遠方から来ており、折尾駅も自由に乗り降りできる定期券を持っていた。私はその定期券で許してあげてもいいよ、と彼女を脅すと、すんなり交渉は成立した。

ライブハウスに通うようになり、何か楽器をやりたいと思うようになった。たまたま出入りしていたライブハウスにドラムの先生がいた。細身の女性で、町ですれ違ってもまさか彼女がドラムを叩くとは思わないだろう。彼女が叩くスネアドラムの音は繊細であるのにもかかわらず、1つ1つの音が、心の奥底まで響き渡った。その日、私はドラムを習うことに決めた。

何ヶ月か続けたが、あまり上達しなかった。でもどうしてもライブがしたかったので、先輩にお願いし、黒崎のマーカスというライブハウスで1度だけ対バン（バンド大会みたいなもの）に出場した。あまり練習できなかったし、到底うまいとは言えない内容だったが、最高の気分だった。

ライブハウスの幻想的な雰囲気、匂い、音。今でも出場してよかったと思っている。その時の対バンの優勝者は175Rで、うまさの次元が違った。プロデビューしたと聞いて、やっぱりな、と納得だった。

ライブを通じて1つ上のみっちゃんと仲良くなった。幼く見える彼女であったが、芯は強く、いつも私の味方でいてくれた。この頃1番悩みを分かち合っていた

ライブ前みっちゃんと。

のは恐らく彼女であろう。高校も一緒だったので、学校帰りはよく一緒にライブハウスに行った。

ライブの後は必ず打ち上げがあった。近くの居酒屋で開催され、ライブに出た人も、見に行っただけの人も交流できる。そこで初めて熱燗というものを口にする。缶チューハイやワインはよく飲んでいたが、升に入れられ、あふれそうになっている熱燗。一口飲むと全身にしみわたっていくのがわかる。特に真冬に飲む熱燗は最高だった。お酒に耐性がない高校生。当然泥酔し、気がつけば公園、ということも少なくなかった。

そしてその頃、数ヶ月ほどつき合った人がいた。彼は周囲からギターの神様と言われながらも、どことなく寂しい雰囲気の持ち主で、つかみどころのない人だった。彼

左から長女、みっちゃん、次女。

が所属するバンドはハイレベルだったし、歌もよかったので、ファンも多かった。確かCDも出していたように思う。

ライブ中、ファンが見ている中、彼は自分がつけていた腕時計を私に投げてくれた。私への誕生日プレゼントだった。世間にやさぐれていた私の心を一瞬で満たしてくれた。これ以上の幸せはないね、と2人で朝まで語り合った。しかし幸せは長くは続かなかった。他に帰る場所もなく、彼に依存し始めた私が重くなったのか、彼は少しずつ私と距離を取り始め、ついには消えてしまった。

私はライブハウス通いを辞めた。タバコの本数も増え、嫌なことがあるたびに酒におぼれた。数年後、SNSを通して彼から連絡があった。久しぶり！と。何となく嫌な気がして会わなかったが、彼は麻薬の売人になったことを後から風の噂で知った。彼もまた複雑な家庭環境で育ち、感受性が豊かな人だった。とても「寂しいひと」だった。

腐ったみかん

大人の嫌な面を見るたび、人の心が読める能力が上がっていった。特に私のことが好きか嫌いかは一瞬でわかる。数学のクレオパトラみたいな先生は私の本質を見てくれた。だから彼女が好きだった。だから数学だけは授業を聞いていた。

一方、担任は違った。私を蔑むような目をしていた。とてもとても醜い目。しかし教師である母の前ではいい顔をする。薄っぺらい見え見えの嘘。ある日彼は私に言った。

「君は腐ったみかんだ。君がいると周りのいい子たちまで悪くなる。学校辞めてくれないか」

これが進学校とやらの教育者の言う言葉か。

「母に伝えます。辞めた方がいいのは先生かもしれませんね」

担任は青ざめた。こんな風に私は相手によって態度を180度変えるような、大人からしてみればとても扱いにくい子だった。

高校2年生になり、担任は変わり、クラスも変わった。不思議と私の周りには友達がいて、それなりに楽しかった。ある日、仲の良かった数人と遊びに行き、酒を飲み、タバコを吸い、一晩中楽しくみんなで遊びまわった。私にとってはそんなに変わった日ではなかった。

ところがこれを告げ口した人がいたようだ。私と数名の友達は学校に呼び出され、法律違反を犯したことから、停学になった。ここまでは良かった。

数日後、担任から、

「あんたがみんなをそそのかしてお酒飲ませたりしたんやろ。みんなそう言っとる」

私は驚いた。みんなで楽しんだだけだけど。そそのかす？ なにそれ。人を生贄《いけにえ》にしてみんな自分を守りたいのだ。どちらかと言えば私は誘われた方だけど。まあいい。

私に失って怖いものはない。そして担任はこう付け加えた。

「まぁ、のぶこ（仮）以外だけど」

のぶことは2年生から仲良くなった。ぶっきらぼうだけど中身は優しい。目つきが悪いから誤解されることも多かったが、まっすぐで、いいやつだった。

私が停学中、全校集会が開かれたらしい。

「このような事態は前代未聞であり、進学校としてあってはならないことであります」

政治家のようなコメント。思春期の子どもたちにその言葉がどれだけ響くのか、甚だ疑問である。その後、私だけ退学処分をくらった。みんなを「そそのかした」罪だ。

退学の日、玄関まで送ってくれた担任をバッグで一発殴ってやった。こんな学校に全く未練はなかったが、涙が出た。担任は生徒を全力で守るものではないのか。金八先生の見過ぎなのだろうか。

後日私を出し抜いた1人と折尾駅ですれ違った。さあどんな仕返しをしてやろうか、と考えていると、彼女は恐怖に慄いた顔をし、逃げるように私の前から去っていった。

家庭環境は悪化の一方だった。私は母たちがいない隙に家のあらゆる引き出しやバッグの中から金目のものを探した。たまたま置き忘れていた通帳に数十万円入っていて、全部下ろしたこともある。それでもそんなお金、あっという間になくなる。向かいにあった祖母の家ももちろん物色の対象になった。祖母が泣きながら仏壇に手を合わせ、

「どうか風子がお金を取りませんように」

と拝んでいるのを聞いた。心が締め付けられる思いがしたが、仕方なかった。不良の世界も生きていくのにお金が必要なのだ。

同じように非行に走り始めた弟も夜出歩く生活であり、時々夜の街ですれ違った。金を出せ、とよく脅していたので、弟は私と目が合うと黙って財布を渡した。一度包

丁を持ち出し、弟に突き付けたことがある。詳細は覚えていないが、家族から見ても私は「怖い」存在だったようだ。

私は友達の家を転々としたり、野宿をしたりを繰り返していたが、たまに家に帰った日には大変なことになる。母も追い込まれていたのだろう、私にありとあらゆる嫌がらせをした。私がシャワーに入れば、お湯を止め、寝れば布団をはぎ、引き出しの中の手紙を読んで交友関係を探り、バッグをあさる。つき合っていた人に使用後の下着を送りつけたり（私の汚い部分を見せつけ、別れさせようとしたと思われる）、友達の家に手あたり次第電話し、私を家に上げたら誘拐罪で訴えるぞと脅したりもしていた。もはや狂乱状態だ。

そうやってせっかく見つけた数少ない居場所を奪っていく。限度を超えた母の行動に怒りが頂点に達し、取っ組み合いのけんかになる。殴ったり蹴ったりしたが、何と言っても気が強い母。負けていない。制服を外に投げ捨てたり、窓ガラスを割ったり。

家のものもたくさん壊れていく。

もはや私の居場所はなくなった。なんで私だけ。誰もいなくなった家のクローゼットの中で、家にあったありったけの薬を並べた。死のう。本当は母を殺そうと思った。でもうちにはまだ幼い妹がいる。私が1人っ子なら母を刺していただろう。しかし私だけの母ではないのだ。泣いて泣いて薬を1つずつ飲み始めた。そのまま泣き崩れたのか、薬の副作用なのか、眠ってしまった。

夕方になり、静かに目が覚めた。ふと小学生の時、火事で亡くなった同級生のことを思い出した。あの時自分の命を大切にするね、と約束したんだった。ごめんね。もう死のうなんて思わないよ。

定時制高校

夏休み明けに定時制高校に入ることになった。私立高校は退学になったが、表向きは転入学扱いにしてくれた。昼間は好きなバイトをし、夕方登校して給食を食べ、それから喫煙の時間。教室では自由にお菓子を食べて雑談するだけだ。なんて快適な高校生活なんだ。がんじがらめの私立高校とは違い、そこは自由な世界だった。

昼間は暇なので、学校近くのコンビニで働くことにした。私は中学生の終わり頃からいろんな種類のアルバイトをした。ケーキ屋、お好み焼き屋、焼肉店、ファミレス、地ビール工房、ティッシュ配り、アパレル、スーパーのレジ、マンションの掃除、高級布団押し売りの営業などなど。親から辞めさせられたり、店長とけんかしたり、何をやっても続かなかった。

定時制に転入してすぐ、年齢は関係なしに上下関係があることに気づく。ここで上の地位につかないと。当時、私がいた学年を牛耳っていた女子に近づき、弱みを握って権力を奪いとった。不良の中でもまれると、こういう能力に長けてくる。

同級生で1つ上のぽんちゃん（仮）と仲良くなった。定時制高校にはいろんな年齢の人がいる。彼女は困っている人に必ず手を差し伸べるお人好しで、人を客観的に見ることができ、話が合った。定時制のほとんどは彼女と共に過ごすことになる。

安定したかに見えた学校生活だったが、定期的に敵はやってくる。暇だから無意識に敵を作っている、とも言える。最初の敵はA子。彼女は誰にでもいい顔をするが、それを貫けない不器用さがあり、私のいないところで私の悪口を言ってしまったのだ。私は彼女の弱さにつけこみ、彼女の精神をコントロールし、毎日私にタバコを買ってくる係に任命した。

似たような境遇のB男はお菓子係。私は何を勘違いしていたのか、「間違ったこと」

は自分が正してあげないといけない、と思い込んでいた。そして何か私に害を与えた者には仕返しをする。もちろんその人が想像する以上の仕返しを。

私にとって平和な日々が続いていたが、それまで仲の良かったC男がお金を返さないという事件が起こった(たった数百円だったが頭にきたので大げさに仕立て上げた)。今度返してね、と優しくチャンスをあげたにもかかわらず、それを無視したことに私は激怒する。彼には靴がなくなる刑と車が牛乳まみれになる刑を与えた。

そしてD男。これは私を欺いたという重罪を犯したため、社会的に抹殺し、退学して頂いた。私を怒らせると、こういうことになるよ、と周りに知らしめた。そうやって私は学校のヒエラルキーの最上位を勝ち取った。この頃になると先生たちも手が出せなくなっていた。

「おまえ本当に母ちゃん癌なんか？　うそやろ」

と言ってきたのは理科の教師。転入する時、

「母が癌で、私立高校の学費が払えなくなったから、ここに来ました」

と面接で話したのだ。自主退学はうそであるが、母の癌は事実であり、教師としてその言い方はどうなのか、という気持ちと、私をうそつき呼ばわりしたことにイラついた私は

「先生ひどい！　本当に私つらい思いをしているのに！」

と泣きの演技で、目の前で土下座させた。

つらい気持ちなんてなかった。ただ先生を懲らしめてあげないといけない、と思ったのだ。私の心は腐っていた。あの出来損ないの教師が言うように、私は本当に腐ったみかんだった。

高校3年生になり、敵はいなくなった。ぽんちゃんとは相変わらず仲良しで、当時

彼女は彼氏と社宅に住んでいたが、居場所がない私も一緒に住まわせてくれた。昼頃起きて、ワイドショーを見て、それから登校した。楽しい生活だった。

同じ社宅に住む、この時出逢ったりゅう君（仮）は7歳年上の腕に龍のタトゥーが入った人で、見た目はヤンキーの中のヤンキーだった。でもとても優しく、定時制高校には毎日送り迎えしてくれた。休日にはぽんちゃんとその彼と4人でよく旅行に行った。私は少しずつ心の安定を手にした。

事件

しかしクラスで事件が勃発した。よく一緒にいたE子が、さんざん辞めろとアドバイスしたのにもかかわらず、またキャバクラで働き始めた。彼女は病的なくらい男が必要で、同時に3人ほどつき合っていた。

曲がったことが許せない変な正義感が、驚くほどの怒りとなって襲いかかった。今考えると恐ろしいが、彼女を殺してしまおうか、とさえ思った。しかし完全犯罪をやれるだけの知能は、その時の自分にはなかった。脅すだけにするか。

私は得意だった精神的に相手を追いつめる手法で、弱みをにぎり、自ら選ばせる形で彼女から毎月現金を振り込ませることにした。しかし私の作戦は甘かった。

「午前7時3分、容疑者宅、突入！」

早朝からインターホンが鳴り、突然スーツを着たおじさんたちがゾロゾロと家に入ってきた。

当時住んでいたりゅう君の社宅と実家に、同時に家宅捜索が入った。

やってしまった。捕まることが怖かったのではない。自分の詰めの甘さに自分に対して失望したのだ。どうやら彼女は、振り込みの「契約」をしたその足で警察に駆け込んだらしかった。

私はパジャマ姿だったので、とりあえず私服に着替える時間をもらい、連行された。確かダボダボのスウェットとキティちゃんのサンダルにしたと思う。警察署に着き、車のドアを開けようとしたが開かない。こうやって犯人が逃亡するのを防いでいるのか。無線の声や車内の様子に興味津々だった。私は好奇心旺盛だったので、そんな状況だろうと初めてのことには何でもわくわくする。

警察署の中を歩いていると、入口に座っている警察官たちが、こいつが犯人か、と言わんばかりの目でこっちを見ている。軽蔑の目、同情の目。苦労知らずのお前たちに何がわかる。私が睨み返すとすぐに目をそらしていた。当時の私は鋭い目をしていたようだ。けんかではまず目で相手の戦意を喪失させるのが王道であり、目の鋭さはいばらの道を歩んでいく途中で備わっていった。

2階の奥の小さな部室に案内され、長時間の取り調べを受けた。客観的に見て極悪非道の事件であり、バックに暴力団がいると思われていたらしく、一斉に家宅捜索を行ったとか。事件の前の日の打ち合わせの時、E子に与える罰をファミレスの紙ナプキンの裏に3つ書き、そこから自ら罰を選ばせたのだが、それも没収された。

1．自ら命を絶つ

2．全裸で山に捨てられる

3．銀行口座に毎月現金を振り込む

取り調べではしつこく誰の考えだ、と聞かれた。私が考えた、と言っても子どもが思いつくような内容ではない、となかなか信じてもらえない。どうやら私は変に頭がきれるところがあるようだ。

一緒に計画した友達数名も同時に捕まったが、私の取り調べには課長クラスであるタヌキがついた。ＶＩＰだな、とちょっと嬉しかった。私が簡単には口を割らないことも察している様子だった。そのせいか、変に私を見下すこともなく、タヌキは紳士的に向き合ってくれた。

私も自分が間違ったことをやってないと思っているところもあり、誤解がないように少しずつ話し始めた。条件を書いた紙ナプキンを見せられ、事件前後の状況を説明した。1と2の罰は選ばせる気がなかった。3を選ばせるため、絶対選ばないであろう2つを書いただけだ。でもE子は何を思ったか2を選んだのだ。この時の彼女の心は今になっても読めない。混乱していたのか、自暴自棄になっていたのか。季節は冬。こんな時期に山に捨てたら、本当に命の危険があるだろう。少々焦った私は、誘導して3を選ばせた。私はタヌキにありのままを伝えた。

話が軌道に乗り始めた頃、タイミング悪く、人間的に浅そうな若手の警察官、キツネが入ってくる。

「こいつが主犯か。なんでこんなことしたんね」

私は口をつぐみ、彼をにらみつけて一言も発さなくなった。そこでまたタヌキの出番だ。お前は引っ込んでろ、と言わんばかりの目でキツネを別の場所においやった。

「昼ごはんは何がいいかね」

「カツ丼！」

タヌキは空気を変えようとしたようだ。取調室では自動的にカツ丼が出てくるシステムかと思っていたらどうやら違うらしい。きちんと支払い請求までされた。あれはドラマの世界だけなのか。それとも私が口を割るのが早すぎたか。ちょっとがっかりだった。その後も夜まで取り調べは続いた。

やっと終わった、と警察署の外に出ると、思いがけず母とりゅう君が待っていた。

「あなたがついていて、何でこんなことになるの！」

母が彼にどなった。

「申し訳ありません」

涙でぐちゃぐちゃな顔になりながら、彼は母に深々と頭を下げ、その場に泣き崩れた。

その姿を見て、自分が侵した罪が、私が信頼し、私を信じてくれている人たちを裏切る行為だったことに、ようやく気づいた。

この数ヶ月後、示談が成立した。私が未成年であったこともあり、普通は家庭裁判所の審判を受けるが、事件の重大さから検察庁に書類送検された。つまり事件の内容から考えると子ども扱いはできず、大人と同様の罰を下す、ということだった。

警察署や検察庁での取り調べで、嘘は1つもつかなかった。検察庁で担当してくれた人はとても穏やかで、何事にも動じない、巨大な岩のような人だった。私は淡々と事実を述べた。彼は言った。

「今回の事件をきっかけに改心して全うな人間になれば、今回の事件が今後のあなたの人生を邪魔することはない。でも今後、あなたがまた事件を起こせば、今回のことも考慮して罪は重くなります」

結果的には「無罪」だった。この事件のことはよく思い出す。なぜあそこまで彼女に執着し、仕返しをしなければならないという気持ちになっていたのか。冷静に考えれば放っておけばいい話だ。でもそれができなかったのだ。私の歪んだ心と曲がった正義感とが、それを放っておけなかったのだ。

りゅう君

警察署にかけつけてくれたりゅう君は私にはとても優しかったが、血の気の多い人だった。私がちょっと傷つけられた、と話をしたとたん、彼は包丁をキッチンから取り出し、それを手に巻きつけて外に飛び出していったことがある。仕返しをするつもりだったらしい。結果的に誰も刺さずに帰ってきたが、これが続くと思うと少々不安になった。彼もまた、幼少期に苦労してきた人だった。悪質ないじめにあっていたのだとか。私たちは心の奥底の寂しい部分を癒し合っているようだった。

家を出てからもタバコを吸っていた私は、喘息発作が起きても吸っていた。当然悪化し、入院になったこともある。彼に依存していた私は入院中、刺されていた点滴を引っこ抜いて病院から脱走した。少しの間でも離れることが恐怖に近い苦痛なのだ。

私たちは「共依存」の関係だった。一見お互いのためになっているように見えるが、無意識のうちに相手の足を引っ張っている。2人とも自立していないまま相手に寄りかかっている状態であり、この関係では成長は得られないし、ドツボにはまっていくことも多い。

高校生になってからは神代先生と会う機会はなかった。以前勤めていた病院から異動したようだった。しかし当時関わっていた周囲の人たちがケガや病気で病院に運ばれたことが何度かあり、病院に行くたび、私は医者になりたいという気持ちが強くなっていた。

ある日、医学部に行きたい、と私はりゅう君に言った。中学生の頃に抱いた神代先生への憧れを封じ込んでいた高校生時代。心の平穏を取り戻してきたと同時に、医師になりたいという気持ちがまた沸き上がってきた。そう言い出した私を、彼は無理やり実家に送り返した。彼は自分のもとでは勉強させてあげられないから、と言った。でも違うのだ。そんなこと全く望んでいない。安定した環境でこそ夢は追える。不安定な環境に置かれればまた元の木阿弥だ。私は一緒にいさせてほしいと強く懇願したが、母の傍では心の平穏が得られず、勉強どころか普通の生活を維持することすら難しいことをうまく伝えることができず、実家の前で泣き崩れた私を後目にりゅう君は去っていった。医者への夢を追っていようがいまいが、当時の実家に私の居場所があるはずもない。

送り返された日は一晩中泣き明かした。私は結局捨てられたのだ。みんな私が邪魔なのだ。強制送還された私は、また居場所探しから始めることになる。その翌日から夜出歩くようになり、実家に送り返された数日後、別の彼氏を作った。彼氏ができた翌日、りゅう君から電話があった。

「元気？　勉強頑張ってる？」

と言う彼の言葉に、私は返事ができなかった。

「彼氏ができた」

予想しなかったであろう私の言葉に彼は絶句し、涙を必死にこらえているようだった。

私は、だから言ったのに！　と内心ふてくされていた。

「もし道で会っても、無視せんでね。幸せにね」

彼が最後に私に言った言葉だった。それからりゅう君と会うことはなく、現在も彼の消息は不明だ。

更生

派遣社員

そんな大事件を起こしながらも高校はなんとか卒業できた。これには母が一役買ってくれた。被害者家族とは示談になり、そしてその支払いは母がしてくれた。高校からは退学通知が届いたが、これも母が学校に出向き、公的に無罪になったのだから退学は不当だ、と申し出てくれた。これが正しいことかどうかは別として、裏切り続けた娘にここまでやれる母がなんだかかっこよかった。母もこの頃から少しずつ私という人間を理解してくれ始めたようだ。高校卒業後はすぐに派遣会社に登録し、フルタイムで毎日働いたのだが、帰宅してからは以前のような干渉は軽減されており、家族の一員として家にいさせてくれた。仕事で疲れて帰ってきて、夜出歩く回数が自然と減ったことも母にとって良かったのかもしれない。

私が登録した派遣会社は毎日違った仕事を提供してくれた。当時普通のアルバイトは時給600円台だったが、派遣で行くと1000円近くもらえた。最初に派遣された工場ではひたすら充電器を袋に詰める。流れ作業だから、ちょっと遅れると間に合わない。ハラハラドキドキの作業。高時給でもあり、私は楽しく働いた。仕事が楽しいと思えたのは、仕事自体が毎日違っていて飽きなかったこと、時給が高かったこと、家庭内が安定してきたことが関係していたように思う。

ある日はその後通うことになる大学の前で学習塾か何かのビラ配り。またある日は商店街の中でティッシュ配り。このティッシュ配りは楽だった。ビラはもらってくれないから仕事が終わらないが、ティッシュは違う。通りすがりのおばちゃんが、がっぽり持って行ってくれ、配るものがなくなった私は近くのパチンコ屋で時間を潰す。せっかく稼いだお金がなくなってしまった。楽な仕事も良し悪しだな、なんてのん気に過ごした。

1ヶ月間、市外の看護大学で事務をすることもあった。エクセルとかワードとか、そこで使い方を覚えた。そこには育児をしながら学校に通う学生もいて、何だかうらやましかった。

お金を稼ぐことが楽しくなり、私は遅刻せず、まじめに働いていると、自然と評価があがり、長期の仕事を紹介してくれた。隣町の小倉にある運送会社の事務職員だ。制服を支給され、フルタイムで働く。月に19万円！　気分は高給取りのＯＬだ。ヒールでコツコツ、満員電車で通いながら、ＯＬ姿の自分に酔っていた。仕事では頑張れば頑張るほど評価してくれた。アネキみたいな先輩が、とても丁寧に指導してくれる。まだ高校卒業したばかりの柔らかい頭の私は、スポンジのように仕事を吸収し、覚えていった。仕事もどんどん早くこなせるようになった。

「おまえ、派遣なのにやるなぁ」

同じ事務所にいた課長からかわいがられた。気がつくと正職員で雇われた人よりも仕事が早く、クレームは少なかった。

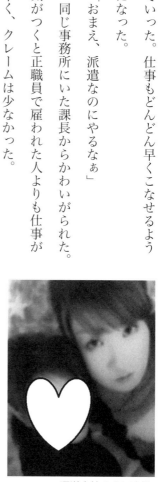

居場所はこうやって作るのか。私は自ら自分の道を切り開いていく楽しみを見いだせるようになった。そして私の人生はやっと「自分の人生」を歩み始める。

運送会社のOL時代。

母の壁を打ち破る

りゅう君の後につき合った彼ともすぐ別れ、入職して半年後、同じ運送会社の事務員だった人とつき合うようになった。６歳年上の彼は、私に対して寛大で、過去の自分も含めて受け入れてくれた。一緒にいて、嫌なことは何も考えなくていいような環境を与えてくれた。彼の母はつき合ってすぐ亡くなったので、彼の父と彼の３人暮らしが始まった。

その頃、ようやく安定し始めた母との関係がまたギクシャクし始める。母が言うには、私は苦労しらずだから、一度１人暮らしをするべきだ、と言うのだ。本当はやっとまともに生き始めた娘を傍で見たかったのかもしれない。しかし漸く自分の足で歩き始めた私の人生に、例え親と言えども、ズカズカと入ってきて干渉することが許せなかった。自分に必要なことを自ら選択する力が私にはある。いつまでも子ども扱いなのが気に入らなかった。

子どもが一段階成長しようとする時、子どもに依存する母親はそれを悪意なく止めようとする。作家の養老孟司さんがこれを母の壁、と称した。私は妙に納得した。子どもには困難を乗り越えるチャンスや試練を与えてあげないといけないのだ。困難のたびに母が手助けしていては、いつまでたっても子どもは子どものままだ。私は母の壁にいつも押しつぶされてきた。自分の人生を歩めなかった。もう懲り懲りだ。対話の機会を設けたが、母は納得しなかったので、そのまま家を出た。二度と帰らないと誓った。

３人暮らしが始まり、自然と結婚の話になった。父の悪口を母からひたすら聞いていたせいか、亭主関白嫌いだった私は、両親のような失敗はしたくないので、結婚に関して彼にいくつかの条件を提示した。

1．専業主婦にはならない

男が外で働き、女は家で家事をする。親戚の集まりやなんかで、男は楽しそうに酒を飲むが、女は食事の用意をしたり、食器を片づけたり。女の身分はまだ低いのか？そういうのが大嫌いだった。私は働くのが好きで男並みに働ける自信はあったし、そんな扱いを絶対しないでほしい、と。彼はあっさり承諾した。実際、洗濯はどんなに遅く帰ってきても毎日してくれた。食事は私が作ることが多かったが、予想に反して、義父が食事を作ってくれたり、子どもの面倒をみてくれたりした。この条件に関して何の不満もなかった。

2．私の居場所を奪わないでほしい

不本意にも実家に送り返されたりゅう君の一件があり、私はまた捨てられるのが怖かった。愛情が理由にせよ、勝手に私の行動を決めないでほしい。母と仲直りしろとか、子どもができて里帰りしろとか、そういう類のことは一切言わないでほしい。これに関しても忠実に守ってくれた。里帰りも強要されず、おかげで安定した生活を送ることができた。

3．私が夢を追うと言い出した時、止めないでほしい

これには半分納得ができないようなところがあり、曖昧な返事だった。ただ最後に

はわかった、と納得してくれた。この時も医者になりたいという気持ちは私の中から消えていなかったし、今後も消えないだろうと思っていた。

条件はすべて満たされ、つき合って3ヶ月後、結婚することになった。

私は19歳であり、親の同意が必要だったが、サインは私が書き、母には言わずに役所に提出した。母は入籍がわかるとすぐに、役所に駆け込んだ。結婚を取り消しに行ったのだ。しかし婚姻届の受理後であり、それは叶わなかった。

「何にも言うこと聞かないのね。もう勘当よ」

母から1本の電話があった。どうやらやっと私を捨ててくれたようだ。大きな肩の荷が下りたような感覚だった。

妊娠

結婚してすぐに妊娠した。運送会社での仕事は電話応対がメインであり、つわりの時期は吐き気と戦いながら働いた。空腹だと吐き気が強くなるので、常に炭酸レモン水を飲みながら仕事をした。トイレに駆け込むこともよくあったが、つらい、辞めたいと思うことはなかった。評価されながら働くことが楽しかったのだ。

出産後、1人で運転できないと何かと困ると思い、妊娠中に自動車免許を取った。高校生の時から、母の車を勝手に乗り回していたから運転はうまい方で、運転が苦手な子が縁石に乗り上げた時、免許のない私が交代するほどだった。

初めてのミッションでの実技講習の日。

「これでギアチェンジして、クラッチはここにあるよ」

と教官から説明を受けながら、初めて知った！ みたいな顔をする。下手な運転はどうやったらできるのか考えたが、結構これが難しい。スムーズに発進してしまった。

「慣れてるみたいだね」

「あ……」

私は試験を落とされるんじゃないかと思ったが、そういうわけではなく、

「長いことこの仕事やっていると、すぐわかるよ。教えるのも楽だし、よかった」

良いのか悪いのか、こんな調子で実技試験はあっさりパスした。

最後の筆記試験。妊娠中期であり、立ちくらみが頻繁に起きるようになっていた。

100人くらい入るような教室のど真ん中で私は試験を受けた。試験開始早々、ムカムカしてきた。

「やばいかも」

座っているにもかかわらず、くらくらする。危険を感じた私は、猛スピードで試験を解いた。最後の問題を解いている頃だっただろうか、限界を感じた。手を挙げたが、

誰も来てくれない。今にも倒れそうだったので、教室の外に飛び出し、そこで意識を失った。

誰かが駆けつけてくれたのをうっすらと覚えている。目が覚めるとそこはベッドの上だった。

「おめでとう」

合格したみたいだ。よかった。

憧れの産科医との出会い

初めての出産は不安だらけであり、私は産科を探した。そういえば、ぽんちゃんが通っていた産婦人科の女医さん、素敵だったな。高校生の頃、ぽんちゃんが産婦人科に行く時、ついていったことがある。そこで会った女医さんがマロン先生（仮）。先生はとにかくかっこよかった。ぽんちゃんも絶大な信頼を寄せていた。

私は彼女の勤務する病院を調べ、そこに受診した。片道1時間半かかる総合病院だった。当時、男性医師が苦手だった私。

「あのう、出産の時、誰が来てくれますか？」

「私が行くよ」

「でも夜中とか休日とか、いつ生まれるかわからないじゃないですか」

「いつでも私が駆けつけるから」

私はマロン先生に惚れこんだ。出産は医学が進歩した現在でも命に関わることがある。もし出産で何かあっても、彼女を恨むことはない、それくらい信頼していた。医者ってやっぱりかっこいい！　こうやって人の命だけでなく、心も救うことができるのだ。

それから妊婦検診に行くのが楽しみになった。マロン先生が初めて企画した家族旅行に向かう途中に緊急呼び出しがあり、結局いつも通り自分以外の旅行になってしまった話や、一緒に働く男性医師が美容室で髪の毛の半分をバリカンで剃った直後に呼び出しがあり、アシメヘアで病院にやってきた話。やっぱり医者はすごいや。かっこよすぎる。でもその反面、私出産怖いの、とマロン先生。

「だってみんな痛そうじゃん！」

私は笑った。人に絶大な信頼を抱かせるオーラと、そこからは全く想像できない庶民感覚のギャップがたまらなく魅力的だった。今日はどんな話が聞けるかな。

20歳になってすぐ、私は長女を出産した。

出産は楽しかった。信頼できる先生のもと、命の誕生という貴重な体験ができることが有り難かった。不妊治療が進歩している今でも、皆が妊娠・出産できるわけではない。私は子どもに恵まれ、無事に出産できたことに対して深く感謝し、そして生まれてきた子どものきれいで透き通った目を見て、決して親のエゴや環境で汚さないことを誓った。

もちろん里帰りはしなかった。寝不足や育児の疲れはあったが、何と言っても誰にも干渉されずに暖かい布団で眠れるのだ。横にいる天使の寝顔に癒されながら、ごく普通の幸せな日々を送った。

夜間に長女が寝てくれるようになったので、昼間の時間がもったいないと思った私は、何か資格を取ろうと思った。たまたま見つけたシステムアドミニストレータという試験。パソコン関係の資格で、内容もそんなに難しくなかったこともあり、暇つぶしがてら受けてみたら合格した。知識欲というか、向上心というのか、そういうのは強かったのかもしれない。同じ場所に留まっていると、世間から置いていかれているような感覚に襲われる。長女が1歳になってからすぐ、彼女を保育園に預けて私はセブンイレブンでアルバイトを始めた。

夢

セブンイレブンの仕事は楽しかった。朝早くから、作業着のおっちゃんたちがたくさん来る。毎日働いていると、多くの人がいつも同じものを買うことに気づく。そのうちに常連さんが買うコーヒーやタバコの銘柄を覚えてくる。レジに並ぶ前にタバコを用意しておくと、おっちゃんたちは上機嫌になる。

「お！　ねえちゃんも朝早く大変やな」

とか

「(タバコがわかるなんて) さすがやねぇ〜」

とか、たわいもない会話で元気をもらう。

「いってらっしゃーい！」

と私も自然と笑顔になる。そんな日は1日決まって気持ちよく過ごせる。

ところがいいお客さんばかりではない。仕事がうまくいかなかったのか、店に入るなり不機嫌なおじさんがいた。

「エコー」

ぼそっとレジでおじさんはつぶやいた。タバコの銘柄だろうが、私も全部は把握していない。探すのに時間がかかってしまい、ついに、

「タバコの銘柄くらい覚えとかんか！」

と怒鳴られてしまった。タバコの銘柄……覚える必要あるのか？　何だか理不尽な気がした。

コンビニの仕事にやりがいは感じていたし、楽しかったけど、そんなことを経験するうちに、やっぱりこのままじゃ嫌だ。夢を追いかけたいという気持ちが強くなっていった。

夢への一歩

長女を出産して3年後、次女を出産した。次女の妊娠中も、暇が嫌いな私は、次は何の資格を取ろうか、と悩んでいた。今後は人生にプラスになるような資格がいいな。

2人目の出産も前回お世話になったマロン先生にお願いすることにした。彼女と会うたび、やっぱり医者になりたい、という気持ちが抑えられなくなっていった。当時の私は23歳。まだ若いし、やってみようかな。昔主治医だった小児科の神代先生も、私ならやれるって言ってくれてたしな。

行動力はある方だった。後先考えないところは昔も今も変わらない。普通の人なら、医学部はお金がかかるし、受からないかもしれないし、といろいろ考えすぎて、受けることをあきらめるのだろうが、私は違った。落ちるかもなんて、そんなのやってみないとわからないし、本気で頑張れば受かるんじゃないかな、なんて思っていた。「根拠のない自信」がなぜかあった。

とりあえず近くにある医大の赤本（過去問や大学の概要が書いてある）を買ってみた。

「んー。全くわからん」

解説を見てもその漢字も読めないし、中学校の授業もまじめに受けていないやつが解き方なんてわかるはずもない。ただ受験資格や試験方法なんかは参考になった。

私は漠然とした目標をたてた。社会と理科と国語は高校範囲からやろう。数学と英語は高校からだと厳しいな。授業覚えてないもんな。とりあえず数学から始めるか。

私は公文式の通信教育で中学の範囲の数学から始めた。朝はコンビニでバイト、昼から勉強、夜は子育て。勉強を始めてみたのはいいが、妊娠中はとにかく眠い。そして机に座る習慣がないので、落ち着かない。まずは机に座る練習からした。1日2時間は座る。そのうち座れるようにはなったが、問題を広げても別のことを考えたり、居眠りしたり。集中力がまるでない。

ある日、バイトに行く前に不正出血に気づいた。病院を受診したところ、切迫早産だったようでそのまま入院になった。セブンイレブンの店長はとても温かい人で、旦那さんも寡黙だが優しい人だ。夫婦で経営しており、忙しくて人が足りない時期なのに、私の身体を気遣ってくれ、快くシフトの調整をしてくれた。産後お店にはちょくちょくお世話になるが、医者になったことを心から喜んでくれ、私の人生を応援してくれている。

入院中はトイレとシャワー以外はベッド上で過ごさなければならなかった。隣のベッドには同じく切迫早産で入院している人がいて、彼女は妊娠初期から入院しているとのことだった。しかもトイレや食事で身体を起こすことさえ許されなかったようだ。彼女と比べたら私なんて気楽なもんだ。せっかく頂いた時間、有

セブンイレブンの店長。

効活用しよう。

日中は毎日ベッド上で公文式の数学を解いた。それを不思議そうに助産師さんたちが見にくる。

「医学部に行きたいんです」

「そっか。頑張ってくださいね」

そう言ってはくれたが、多少馬鹿にされた感じだった。それもそのはず、数学は他の教科より得意だったとはいえ、受験のためにきちんと1から復習したかったので、私は中学1年生で習うような簡単な計算問題を解いていた。バスケットボールを始めたばかりの小学生がNBAに出たいと言っているようなものだ。さぞかし呆れたであろう。

そんな中、1人だけ真剣に話を聞いてくれた助産師さんがいた。彼女の名前は石山さん。不思議な縁で、今でも彼女と交流があり、彼女の甥っ子、姪っ子の家庭教師をすることになる。

切迫早産での入院は1週間程度だった。その後の妊娠経過は安定しており、次女も無事に出産できた。

次女の出産はドラマチックだった。陣痛がきたので病院へ向かうと、陣痛は弱くなっていた。病院内の階段を上ったり下りたりを繰り返したが、陣痛は完全に止まってしまった。近くのデパートに散歩に行き、店内をぐるぐる歩いていると、急激に陣痛が進んできた。

病院へ急いで戻り、陣痛室に入った。担当してくれたのは、私が医者になるのを応援してくれたあの石山さん。出産日なんて予想できないのに、すごいめぐり合わせだ。陣痛はどんどん強くなったが、私は痛みに強かったので、限界まで彼女を呼ばなかった。彼女を呼んだ時、ちょっと遅かったのか、分娩台まで歩く力さえ残っていなかった。彼女にかかえられ、分娩台に乗るや否や、頭が出てきたのがわかった。マロン先生を呼んでくれたが、間に合わなかった。先生が到着した時には、ケースの中から元気な女の子が先生を見ていた。

「せんせー。我慢したけど間に合いませんでした～」

私たちは笑った。2人出産したが、一度も痛いとは言わなかった。出産は確かに激痛だが、心の痛みと違って耐えられるものなのだ。そして出産の痛みの後には大きな喜びがある。つらさなんて感じなかった。私に安心感を与え、私らしい出産に協力してくれたマロン先生、石山さん、そして退院まで育児指導をばっちりしてくれた助産師さんたちに心から感謝している。

後日談だが、分娩台に上がった時、もう次女の頭は出てきていて、プハーと呼吸していたらしい。先生が来る前であり、分娩による合併症の恐れもあったため、石山さんが一旦押し戻したのだとか。おもしろすぎる。

出産後、長女がお見舞いに来てくれた。初めて次女を抱き、こんなに優しい顔があるのかと思えるくらいの温かいオーラを放っていた。お姉ちゃんの顔だった。別れ際、彼女は笑顔で私に手を振った。まだ3歳になったばかりだ。私と別々で寝るのは寂しかっただろうが、母がまだ帰れないことを理解し、わがままも言わずに手を振っていた彼女の姿を今でも鮮明に覚えている。退院したら長女をたくさん抱っこしよう。

再会と別れ

ある日、妹から連絡が入った。

「お母さんが入院した」

当時母と2人で暮らしていた妹によると、どうやら母の乳癌は進行しているらしかった。だから手術しろって言ったのに。そんなこと言ってももう仕方がない。私は孫を見せてあげなくてはならないような気になり、そしてそのような状態の母を妹にすべて押しつけていることが気がかりだったこともあり、母が入院している病院に行った。公衆電話からゆっくり立ち上がる母が見えた。

「お母さん！」

母は聞こえているのかいないのか、そのまま病室に入った。無視されたのかと思い、そのまま帰ろうかとも思ったが、私ももう母親。逃げてばかりはいられない。もう一度声をかけた。

「私、医学部受けるから！　それまで死なないでね」

その頃、母の癌は肺や骨まで転移しており、少し歩くだけでも息切れが強いようだった。突然の娘の訪問に驚いたようだが、もう怒る気力はないようだ。

「それはわからんね」

こんな弱気な母を見るのは初めてだった。その日から私は定期的に母のもとを訪ねるようになった。状態が少し落ち着き、母は一時退院した。当時母と妹は小さなアパートに住んでおり、そのアパートに泊まることになった。その日妹は友達と出かけていていなかった。

「あきちゃん、牛肉が苦手だから、今日は久しぶりに食べるわ」

牛肉の野菜炒めを作りながら母が言った言葉に私は衝撃を受けた。妹の名前は明子。まず妹を「ちゃん」づけで呼んでいるではないか。私はちゃんなんてつけて呼んでもらったことはない。そして牛肉が苦手だと。私は苦手な椎茸を残そうとすると、食べるまで毎日毎日食卓に上がっていた。吐いてでも食べることを強要されていたのだ。

「あっこのこと、甘やかしてない？」

私は妹をあっこ、と呼んだ。

「あら、そうかしら」

こんな会話をしながら、実はとても嬉しかった。甘やかすことがいいことだとは思っていない。ただ妹の居場所がそこにはあったのではないか、と思えたのだ。私と同じような環境で育った弟は、私と同じような道を歩んだ。しかし妹は全うに生きた。その理由が頷ける瞬間だった。平凡な会話。談笑。ただそれが愛おしく、貴重な時間だった。

ほどなくして母は再入院した。自ら望んで、緩和病棟に入院した。ここはただ命を延ばすためだけの治療は行わないが、痛みや呼吸苦などの症状に対する薬は使ってくれる。母にとって理想的な生活がそこにはあったようだ。

「ここは3食何もしなくても運んできてくれるし、掃除だってしてくれる。何にも不満がない」

いつも満足気にそう言っていた。

この頃、一緒に住んでいた妹は大阪大学に入学した。彼女は保育園の頃から公文式で学び、小学校に上がる前に英検4級に合格した。成績も優秀だったようで、全国でもトップクラスになった時に東京で行われた表彰式についていった覚えがある。

私も弟も普通の子どもでいられなかった分、妹が唯一、親孝行だったことが、母にとって救いだっただろう。

妹がいなくて寂しいだろうという思いと、残された母の時間に少しでもやれることがしたいと思い、私の家から片道1時間程度のところにあった病院に、毎週通った。母の好きそうなお菓子やケーキを見つけては買っていった。洗濯物を持って帰り、翌週持っていく。大したことではないが、生まれて初めての親孝行。

時々、母は私の英作文を採点してくれた。母は楽しそうに教えてくれた。私たちは黒く染まった過去を、きれいな色に塗り替えようとしていた。親子をもう一度「やり直して」いたのだった。とてもきれいな時間だった。

そんな幸せな時間は長くは続かなかった。入院して3ヶ月ほどしたある日の夜、今夜がヤマであることが主治医から伝えられた。私は弟と妹を呼んだ。近くに住む弟はすぐにやってきた。大阪にいた妹も急いでこっちに向かおうとしたようだが、時間的に飛行機も新幹線も取れないようだった。しかしどうしても来たかったようで、深夜バスを見つけて、翌朝到着した。妹が到着した頃、母はもう昏睡状態であった。酸素が流れる音だけが病室に響いている。

私は母の手をにぎり、

「お母さん、あっこが来たよ！」

母は最後の力を振り絞って声を出した。もう目も開かない。

「ごめんね」

最後まで私が言えなかった言葉。ずっと母のせいだと思っていた。私が非行に走ったことも、夢を追えなかったことも。なぜ私はあんなにつらい環境で育たねばならなかったのか。不公平じゃないか。そんな恨みも曲がった考えも、母のその一言で薄れていくのがわかった。

なぜ私たちはすれ違ったのだろう。こんなに愛し合っていたのに。母はまもなく息を引き取った。

最後の最後で謝ってくれた母。不器用ながらに私に愛情を伝えようとしてくれた母。そんな母に唯一できることは私が自分らしく生きること。人のために生きること。その対象を考えた時、ふと昔の自分の姿が浮かんだ。私と同じように思い悩んでいる子どもたちの手助けがしたい。救いたい。私は誓った。何としてでも子どものために生きる医者になろう。

受験勉強の日々

次女が生後5ヶ月の頃、彼女も保育園に預け、午前は自転車で行ける距離のローソンでアルバイト、午後は勉強という生活を再開した。土日は朝5時からの勤務で、真っ暗闇の極寒の中、震えながら出勤する。それでも仕事に行く人たちに笑顔でおはようございます、と声をかけるのが好きだった。子どもを早い時期に保育園に入園させることは私の都合でもあるが、保育園に預けることに対して子どもがかわいそうなんて思わなかった。そこは子どものコミュニティーが形成される場所であり、家で育てるよりも得るものが大きいと私は思っていた。

次女の出産前から始めた公文式の数学を、1年足らずで高校卒業レベルまで終わらせると、今度は他の科目を通信教育で始めた。勉強が軌道に乗ってきた頃、私は模試を受けることにした。結果は散々だった。志望校欄に医学部、と書くことさえ躊躇されるレベルだ。

その後も何度か模試を受けたが、成績の上がり方がゆっくりすぎることに気づいた。このままのペースでは合格できる頃にはもうおばあちゃんだ。それでも決して合格できないかもしれない、とは思わないところが私のいいところというか、アホなところだ。

私は近くの予備校について調べた。日中仕事をしていないと、子どもたちを保育園に預けられないと思っていたのだが、予備校でもなんでも、昼間いないという証明さえあれば預けられるということを知った。私はすぐに予備校に入校することにした。アルバイトに行く時間もなくなり、私は仲のよかったお客さんたちに、さよならの挨拶をした。

「あんたがおらんくなったら、わしはどうやって生きていけばいいんじゃ」

泣きそうになってくれたおじいちゃんがいた。よく野菜をくれたり、畑でイチゴ狩りをさせてくれたりした。家に遊びに行った時、竹細工で子どもたちにおもちゃを作ってくれた。今でもそのおじいちゃんとは交流があり、つい先日もたくさんのみかんを頂いた。笑うと顔がくしゃくしゃになる、素敵なおじいちゃんだ。

ローソンで私のファンになってくれたおじいちゃん。

ローソンの店長や店員さんたちも素敵だった。人手が少なくて大変なのに、医学部受験の話をした時も反対せず、笑顔で送り出してくれた。医学部に合格してすぐ、合格証を持っていくと、みんな心から喜んでくれた。

私の居場所、たくさんできた。

私が選んだ予備校の河合塾には規則がなかった。髪を染めてはいけないとか、休んではいけないとか。必要性を感じないルールに縛られたくない私。とても居心地がよかった。そして私には夜の講義は

支えてくれたローソンメンバー。

河合塾の同期。今でも定期的に集まる。

受けられない等の特殊な事情があったが、別の日に質問させてくれたり、資料をくれたり、そんな配慮をしてくれたのもよかった。

当時自宅は遠賀郡にあり、河合塾は小倉北区。1時間ほどかけて車と電車で通った。自宅から遠賀川駅まで車で10分程度。英語教材のCDを聞き、シャドーイングという、聞こえたままを口に出す手法でリスニング力を鍛えた。最初は全く意味がわからないが、とりあえず声に出してみるのだ。おかげで発音はよくなるし、声に出した英語は頭に残りやすい。

電車の中は前日やった内容を思い出す時間にした。揺れる満員電車の中なので、教科書を開くと邪魔だし、酔いそうだった。人の記憶は思い出すことによって定着する。私は1日に何度も何度も思い出す習慣を身につけた。

河合塾の同期。娘たちの姉さん役。

塾が開く時間と同時に着き、エレベーターに乗り、上に上がるまでに単語1個覚えた。講義の前に、無料で英単語テストをやってくれたので、これを毎朝受けていたのだが、これがいいウォーミングアップになった。

授業中は、自分の脳みそがスポンジであると意識しながら聞いていた。全部吸収してやる。授業料は運送会社で働いていた時に貯めたお金だったし、金銭的に余裕もなかったから、もったいなかったのだ。

ちなみに私は節約が上手だった。食費と雑費、合わせて月に3万円以内、うまくいくと2万円ちょっとしか使わなかったので、しっかり貯金できた。化粧品や衣類にかけるお金は年間1万円もない。娘の服は近所のママ友がおさがりをたくさんくれたから困らなかった。

予備校の授業でわからないところはその日のうちに講師の先生に聞きに行った。おかげで少しずつ模試の点数も上がってきた。塾が休みの日は近くのファミレスで勉強した。適度な雑音が私に合っていた。それにボタン1つで食事を運んできてくれる。この上ない環境だった。

9月に入塾して、翌年の1月、初めてのセンター試験を受けた。結果はまずまず。医学部受験生の中では低い方だったが、二次試験で挽回できないレベルではなかった。初めて受けたにしては手ごたえ十分だ。二次試験は自宅から通える範囲の大学しか行けないため、S大学とY大学を受験した。結果はどちらも不合格。

「何が悪かったのか分析しなければ」

試験で疲れ切っていたのと、オフになる時間がほしかったので1日だけ休み、翌日から徹底的にやり直した。

やり直しが終わる頃には、自分に足りない部分がはっきりとわかった。この年の理科は化学と生物を選択したのだが、どうも生物は当たり外れがあって点数が取りにくい。やっぱり物理に変更しよう。この日からクラスを生物から物理に変更した。

後日成績開示をし、センター試験が706・8点／900点だった。医学部は8割以上とるのが鉄則なので、ちょっと少ない。二次試験ではS大学が669点／1100点（合格者最低点743点）、Y大学は1135・8点／1500点（合格者最低点1198・4点）だった。

あと1年。やれる。私は翌年合格できることを確信した。自分を冷静に振り返れること、客観的に捉えられること。数々の経験で獲得した特技。私はゴールまでに必要なミッションを洗い出した。1日に勉強できる時間は限られていたので、圧をかけ、濃度を濃くして勉強し、最短距離での合格を目指した。

父との再会

あの手紙の一件以来、父とは会っていなかった。高校生になった頃、久しぶりに親戚を通じて父と会うことになった。寡黙な父は、私と会えたことに喜んでいるのかいないのか、よくわからない。父に連れられ、父の新しい妻と、その連れ子が住む家に行った。

その家はかつて私も暮らしていたあのマンションだった。部屋は恐ろしいほど片づいており、新しい妻の潔癖さを思わせた。そして父の妻と初めて対面した。

初めて会ったその人の目は泳いでいた。言葉を発した後には父の機嫌を覗う。その目を見た時、あのビリビリに破り捨てられた手紙は、その人の仕業であると確信した。そしてその女性は私の存在が憎いという感情を隠そうとして、執拗なくらいに私を褒める。

「あら。きれいな子。私かわいくない子嫌いなの。よかった、かわいくて」

なんなの？　という感想。立派な大人が、かわいくない子が嫌いだとかどういう意図があってしゃべっているのか。私を褒める理由も不自然すぎる。

「これからは私をお母さんと思っていいからね」

これには絶句した。初対面の人がある日突然お母さんになるんですか？

何かにつけて自分の娘たちと比較することにも辟易した。そして陰ではありもしない私の悪口を親戚中に言いふらしている。ここには私の居場所はない。


その後その人と会うことはなかったが、父とは定期的に会っていた。この時は父親に対してこれといった感情はなかった。ただこの人が父親なんだな、という事実だけ。医学部に行きたいということは伝えてみた。父親が自分をどう思っているのか判断がつかず、反応を見たかったのかもしれない。

父は私の医学部受験をバカにすることなく、応援してくれた。おまえならできる、と。

初めて受験し、落ちた報告をした時、

「そうか。次頑張れ」

と淡々と言った。普段から感情の起伏が小さい父、どこまで本気にしてくれているんだろう。読めないままだった。

医学部合格

1年間はあっという間だった。夕方まで塾、帰ってからは子どもと戯れ、21時に子どもを寝かせる。それから0時まで1日の復習をする。こんな日々が続いた。

つらかったことと言えば、子どものもちつきなどの保育園行事に行けないことがあったくらいで、運動会や生活発表会はすべて見に行った。それが癒しの時間であり、原動力ともなった。時々娘が手紙をくれた。

「ママがんばれ!」

「おいしゃさんになってね!!」

授業参観に行けなかったり、土日もほとんど会えなかったりしていたのに、私の夢を応援してくれた娘たちに感謝した。彼女たちにやればできることを示すいい機会でもあるような気がした。

「子育てしながら受験なんてすごい！」

とよく言われていたが、夕方の育児の時間は私にとって「勉強しなくていい時間」だった。いい息抜きであり、24時間勉強できる環境にあれば、それはそれできつかったかもしれない。しかし実践できたその背景には周りの支えがあった。反対しないでいてくれた家族、特に子どもが風邪をひいた時、自らすすんで休みを取ってくれた当時の義父に深く感謝している。

天下分け目のセンター試験。私は10歳近く離れた高校生たちと一緒に人生をかけた試験が受けられることに、ちょっと感動していた。みんなの緊張感が伝わってくる。貴重な経験だし、これがもう最後になるであろう。

試験会場に到着し、私は電子辞書を開いた。この辞書は開くたびに、1つ四字熟語の説明をしてくれる。そしてその日、そこには、

「順風満帆」

と書いてあった。思わず笑みがこぼれた。よし、いける。

それぞれの科目の試験の前、問題用紙が配られた後に15分ほど何もできない待ち時間がある。試験が始まればスタートダッシュが肝心だ。私は頭の回転を上げたい時は、九九を逆から猛スピードで頭の中で唱えた。暗記科目の前は、頭の片隅の知識もすぐに出てくるように、覚えたものを呼び起こしていた。たった15分、でも貴重な時間。無駄にしたくなかった。試験開始。

「これも解けた、これも。私ってすごい！」

試験中は、自分が1番賢いのだ、と思い込むようにしていた。自分がわからない問題は他の受験生にもわからない。私は現役生の何倍も苦労してきたのだ。精神力、自

分のコントロール力では負ける気がしなかった。

そして自分のことをよく知っていた。睡眠不足だと人よりも作業効率が落ちる私。どんなに大事な試験でも、前の日は22時に眠りについた。緊張で眠れないという人もいる中、私はセンター試験の前の日もばっちり眠れた。そういう神経の図太さは持ち合わせていた。

受けたことがある人にはわかると思うが、このセンター試験、結構過酷なのだ。早朝から夕方遅くまで、精神をすり減らし、体力の限界と闘いながら問題に挑む。途中あきらめたくなることが何度かある。そこを乗り越えなければならない。体力のある人はいいかもしれないが、私は全くない。体調コントロールが他の人以上に大切だった。

去年よりもセンター試験の点数は上がった。国語 135点／200点、数学ⅠA 97点／100点、数学ⅡB 84点／100点、英語 185点／200点、生物 92点／100点、化学 86点／100点、物理 77／100点、日本史 82点／

100点、合計838／1000点。とりあえず目標だった8割は超えた。

次は二次試験。まずはS大学の試験を受けた。家から通うことを考えるとやっぱりここに合格したい。前の年よりも明らかに解けるようになっていた。予定通り。

10日後はK大学の試験だった。前年の受験の時、Y大学に通うのは時間的に不可能であると気づき、この年はK大学を受験した。これも思ったより解けた。こちらは落ちてしまい、後の成績開示で902・7点／1200点（合格者最低点1003・173点）で、合格にはほど遠い点数となった。物理を始めて1年だったこともあり、73点／125点と足を引っ張っていたのが大きな原因だろうか。しかし数学は220／250点と満足な結果だった。

本命のS大学だが、二次試験では796点／1100点（合格者最低点774点）と見事にクリアした。パソコンで番号を見つけた時、飛びあがるほど喜んだが、実はまだ面接試験がある。冷静にいこう。

面接の試験は２０１１年３月12日。そう、あの東日本大震災の次の日だ。あの日、日本で起きているとは思えないような衝撃的な光景がテレビで流れた。平和というぬるま湯につかっていた私は、同じ国で起きている現実が受け入れられなかった。涙が止まらなかった。今すぐ支援に行きたかったが、何の資格もなく、重いものも持てず、体力すらない私が行って何の役に立つのか。絶対医者になって助けに行く。

試験当日は小論文と面接があった。どちらも手ごたえみたいなものはなかったが、かといって大きな失敗もなかった。

合格発表の日、私は大学まで見に行った。ドラマのように人がごった返しているのを想像していたが、掲示板近くに行っても誰もいない。

「場所間違えたかな」

キョロキョロしながら掲示板を見ると、やはり場所はここらしい。

そして見つけた。私の受験番号。

1人だったので、飛びあがれない。でも心の中で、やったーーーーー！　と何度も叫んだ。

そして天を見上げ、

「お母さん！　やったよ！」

涙があふれた。

そして次に伝えたのは父。この頃父は会社の経営者になっており、時々リッチな食事をおごってくれたり、買い物に連れて行ってくれたりした。貧乏生活が続いていた私や娘たちにとって、とても有難い存在となったが、まだ父親に対していい感情は持てなかった。合格を伝えた時、電話口で心の底から喜んでくれているのがわかった。この時初めて父からの愛情を素直に感じることができた。

ちょっと遅れた女子大生

念願の医学部。私は目を輝かせながら入学した。予備校で会った友達もいた。今日から女子大生。いいひびきだ。クラスメートは１００人ちょっといて、教室の端から端まで学生で埋め尽くされていた。

私は現役生とちょうど10年遅れで入っていて、友達ができるかどうか少し不安だったが、私たちの学年、有り難いことにいい人たちばかりで、驚くほどエンジョイしてしまった。一緒に海に行ったり、花火したり。飲み会にも結構参加させてもらった。子連れで行くことが多かったが、みんなかわいがってくれた。私が研修の時、娘たちの面倒をみるためにうちに泊まってくれたり、ごはんを作ってくれたり。あのメンバーでなければ、こんなに楽しい思いを子どもたちと共有できなかったと思う。同期のみんな、ありがとうね。

医学部友達とごはん作り。

大学コーラス部。
卒業公演でのソロ。

医学部実習チームとクリスマスパーティ。

実習打ち上げ。
もう１人はシャイなので４人で。

医学部同期。誕生日はお祝いし合う仲。

学費は運送会社で働いていた頃の貯金と、アルバイトで賄った。それでも学費は高いのだが、成績が上がると授業料が半額になったのでなんとか生計を保てた。娘たちの出産祝いやお年玉もほぼ貯金しており、生活が苦しかった月はそこからいくらか借りた。

父親も定期的に買い物に連れて行ってくれ、高級な肉や寿司を食べさせてくれた。娘たちのために、と時々お金をくれたので、それを習いごとなどにあてさせてもらっていた。学生時代のアルバイトは家庭教師や塾の講師をした。知人の子どもを教えることも多く、農家の友達からお米やたくさんの野菜をもらったり、毎回おしゃれなお菓子を用意してくれたり、突然お好み焼きを自宅に届けてくれたり、決して裕福な生活とは言えなかった頃

子どもたちと勉強会。

であり、本当に有り難かった。

私は自分自身勉強に苦労した分、「わからない」という気持ちがわかるのだ。だから教えるのは好きだった。時間に余裕があった頃、近所の公民館を借りて、風の子塾という塾をひらいた。

最初は学校の宿題の解き方を教えていたが、他ではやれないものを、と頭を柔らかくする授業を始めた。例えばトイレットペーパーの芯に自由に線を引き、それを切るとどんな形になるのか想像させる。子どもの発想はとてもおもしろく、どういう過程でそういう考えになったのか、それを想像するのが楽しかった。

またある時はマッチ棒で作られた図形から2本だけ移動させて指定した図形を作る。解けた後も、それを数学的にはこうやって求めるんだよ、と説明すると子どもたちの目がキラキラしてくる。本来子どもは知識欲があり、勉強するのが好きな生き物なのだ。それを間違った方法で無理強いするから嫌いになるし、考える力が弱くなる。

塾は思いの外好評で、最初は友達の子どもを対象に教えていたが、そのうち噂を聞いた友達の友達の友達、といった感じでたくさんの子どもたちと接することができた。軌道に乗り始めた矢先、私が国家試験の勉強で忙しくなってしまい、中途半端で閉塾してしまうことになった。ごめんね。

離婚

大学の入学式の日、結婚して9年目になる夫に心の中で誓いを立てた。

これから大学や勤務先でどんなにいい男性と出会ったとしても、私はあなたを裏切らない。夢を追う妻を応援すること、そんなに簡単ではなかったはずだ。正直家での会話はほとんどなく、いい夫婦とは言えない状態であり、愛情はないに等しかったが、信頼関係はあったと思っていた。そして私を支えてくれたという事実は変わらない。

だから誓ったのだ。しかし私の想いは彼には届いていなかった。

大学に入学して、夫婦関係は急速に悪化した。毎週のように子どもたちを連れて、クラスメートと遊びに行く。夫は少々不安になったようだ。そして入学してから1ヶ月ほどして、久しぶりに夫から話しかけられた。

「動物占いしたら、俺イタチやった。執念深いらしいけ、気をつけろよ」

私を信頼していません、という目で、突然脅してきた。私は衝撃を受けた。愛情がなくなり、信頼関係だけで繋がれていた関係。その信頼関係、私からの一方通行だったのだ。私は夫に裏切られるかもしれないと思ったことは一度もなかった。信頼していたから。しかし相手は違ったのだ。

9年間も一緒にいて、培われなかった信頼関係。もうこれからの未来はないと思った。その日からは同じ家にいながら、会話もなく、すれ違う時は空気を吸うのも嫌になり、呼吸を止めるような生活をしていた。ただ娘たちはなついていたので、それほど生活に支障はなかった。

そんな夫婦のやりとりを知るはずもない娘たちは、家で楽しそうに私のクラスメートの話をする。夫と次女が風呂に入っていたある夏の日、次女が突然、パニック状態で風呂から走ってきた。夫から水をかけられ、水を飲んでしまった様子だった。次女は大学の話をしていたと言っていた。きっと自分だけが知らない世界で私たちが楽しく過ごすのが気に入らなかったのだろう。

私は離婚を決めた。愛情がなくなり、信頼関係もなく、娘にとって有害であれば一緒にいる意味はない。後日、次女が父親に放った暴言についての真相を聞いた。

「ママはそうちゃん（仮）と結婚するから、パパいなくなって」

そう言ったらしい。夫が怒るのも無理はないが、そもそも私たちの関係は修復困難になっており、それがあってもなくてもきっと別れていただろう。ちなみにそうちゃんは次女のお気に入りで、当然私とはそんな関係ではない。

私は一度決めたらすぐ行動する。翌日離婚届を取りに行き、離婚が決まった。私が言い出したら聞かないことは、連れ添っていればわかったのだろう。夫は私の都合での離婚なので、養育費は一切払わない、そして娘たちとも会わない、と言った。娘たちと会わない理由はよく理解できなかったが、会わせなくていいなら私も楽なので、了承した。

同じ町内にアパートを見つけ、3人暮らしが始まった。家では座る暇がないくらい毎日バタバタして過ごした。私の都合での離婚であり、娘たちからは何で離婚したん！と責められたが、つらい思いをさせてしまった分、他の家庭ではできないような楽しい生活にしてやろうと思った。

幼い頃にされてきたことは、大人になって同じように子どもにしてしまうという説があるが、そういうのは絶対イヤだった。負のスパイラルは私の代で断ち切らないといけない。

子育て

私の子育てはちょっと変わっていた。基本的には厳しく育てるが、オフの時間は必ず作った。その時は本気で遊び、羽目をはずす。

小さい頃から、食事の時間、おやつの時間は厳守した。食事の時間は30分、残した分はすべて片づけ、その後お腹がすいた、と泣きつかれても決してあげない。おやつは15時から16時の間。ちょっとでも過ぎると取り上げる。就寝時間は21時。この習慣、長女が高校生になり、次女が中学生である現在も続いている。スーパーなんかでお菓子を買ってあげる習慣はないし、例え買ってほしいと言われたところで絶対買わないので、子どもたちがお店で駄々をこねたことはない。

左から長女、次女、弟。

ただ友達が泊まりに来たり、旅行に行ったりした時は、思いっきり遊ぶ。夜中までお菓子パーティーすることもよくある。要はオンとオフを身につけさせ、オフの時に小さなことでも楽しめる環境を作ることが大切なのだ。うちの子どもたちは家で厳しい分、友達の家でジュースやお菓子が出てくると、

「これも食べていいの?!」

と目を輝かせていたようだ。小さなことに感謝する習慣を身につけさせたかった。

しかしこんなことばかりやっていては、友達の家に居ついてしまい、私のように帰って来なくなるかもしれない。そうならないように、家族の時間も大切にした。星がきれいな夜に夜景を見に連れて行ったり、学校を休んで旅行に行ったり、非日常を楽しませることも忘れなかった。

そして子育てに関しては、「人間を育てる」ことを意識した。いくつか例を挙げてみる。

1．自分だけの幸せには価値がない

長女がまだ3歳の時、家に友達が3人来た。手ににぎっているお菓子は3つ。実は棚の奥にまだあったのだが、敢えて出さなかった。

「どうしよう。足りないね。もうお菓子やめとこっか」

私が言うと、長女はその友達3人に1個ずつ配り始めた。「自分が食べない」という選択肢を選んだのだ。せっかく家に来てくれた友達におもてなしをしたかったのだろう。お菓子やジュースはみんなに配った後、最後に自分がもらうという習慣を徹底させたことも良かったのかもしれない。みんなの笑顔を見て、長女は幸せそうだった。

2．友達のいいところを見つける

家で子どもたちが人の悪口を言った時、

「人の悪いところを見つけるのはバカでもできる。人の良いところを見つけるのは賢い人にしかできない」

これが私の口癖だった。そしてもし悪いところがあるなら、どうすればその子のためになるのか考えさせた。ただの悪口からは何も生まれない。もし悪いことをする友達がいるならその背景には何があるのか。昨今メディアで報道されている凶悪事件を挙げ、この犯人はなぜそんな行動に走ったのか。環境に恵まれて育った人がそんな事件を起こすだろうか。そこまで掘り下げて考えさせた。それから娘たちから友達の悪口を聞かされることはない。私に言わないのではなく、根本的に友達を否定しないのだ。

3．困っている人を見捨てない

「誰かがいじめられていたら助けなさい。それはあなたたちのためにもなる。そしてママはあなたたちを強い子に育てた。どんな仕返しがきたとしても大丈夫」「強い子に育てた」と根拠がない暗示をかけ、自信をつけさせようとした。人を助けることで、自分は何倍も成長できる。

4．人生を楽しむ

これは何よりも優先して教えたことだ。どんな境遇にあっても、人生を楽しむこと。

これは身近な幸せに気づき、感謝することから始まる。親が発する言葉1つ1つで、子どもの気づきは大きく変わる。与えられた一度きりの人生。楽しむことができる人は、結局賢く生きられる人だと思う。

定期的に家族で外食に行くが、会計の時、娘たちは必ず「ありがとう」と嬉しそうに言う。家族で外食ができることを当たり前だとは思っていないのだ。

そして1番重きを置いたのが、母親を否定すること。少しずつ子ども自身の考えが出始めた頃、私は自分自身が間違った行動をし、それを否定させた。そして、

「あなたの考えの方が正しかったね」

と娘を肯定した。子どもたちにとって母親は絶対的な存在だ。常に母親が正しいと思っていてはそれを超えることができないし、自分自身で指標を作ることができない。

そして何よりも母親から受けた苦痛を自分の子どもたちに絶対に味あわせたくない

し、まして自分と同じ経験なんて絶対にさせない。そのために自分なりの子育てを考えだし、忠実に実践した。そうやって私は子どもに正面から向き合っていた。

医師国家試験合格

医学部は医学を座学や実験等で6年間かけて学ぶ。これを真面目にやっていれば医師免許合格はそれほど難しいものではない。前述したように、偏差値65、倍率15倍以上の大学に、偏差値って何ですかレベルの不良上がりが入学することに比べれば、6年間分の勉強を6年間かけて行い、その中で習ったものが試験に出るだけの国家試験は、前者と比べると圧倒的に楽だった。

私は貴重な最後の学生生活を精一杯楽しみながら、勉学に励んだ。そしてその時はやってきた。2017年3月、医師国家試験合格。

腐ったみかんはついに医者になった。

医学部卒業パーティーに娘たちも。

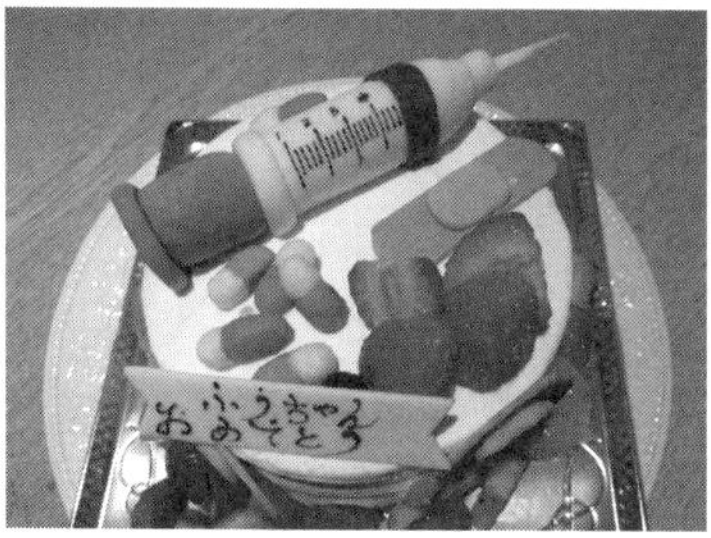

ママ友からの医師国家試験合格祝い。

行きつけのお店のママと合格祝い。

Doctor FUKO

レジェンド

医師は医学部を卒業すると、２年間、研修医としていろいろな科で研修を行う。私はＹ病院で行った。自宅から近いこと、そして子どもの頃に入院や、救急受診でお世話になったこと、病院の雰囲気等で選んだ。

　面接試験で初めて当時の院長、レジェンド先生とお会いした。面接試験と言っても、軽

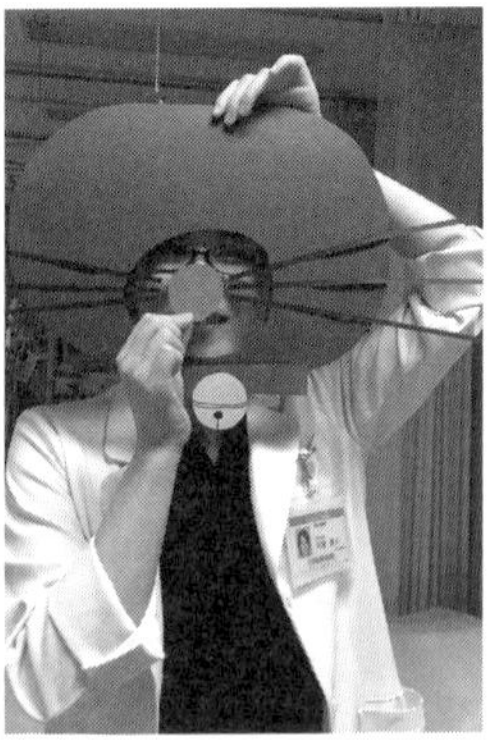

研修医時代（Ｙ病院）。たくさん支えられた２年間。

く志望動機を話した後、私の過去の経歴や子どもがいることに驚いたようで、ほぼ雑談で終わった。後日、当時一緒に面接して頂いた副院長から聞いたのだが、面接試験が終わった直後、レジェンド先生は

「この子に決めた！　絶対入れてくれ」

と、評価を満点にしてくれたとのことだった。

そして気軽に雑談してくださったこの先生、小児科のレジェンドと呼ばれるほど、すごい方であった。何度か飲みに連れて行ってもらったのだが、見た目は普通のおじちゃんで、ものすごく気さくだから、何も知らない私は、アホな会話を繰り広げてしまっていた。

「へぇ！　先生ってすごいんですね〜」

「おまえ、俺のことなめとるやろ！（笑）」

「そんなことないですよぉ〜」

こんな調子だ。今思い出しても恥ずかしすぎる。そんな無知の研修医だったが、レジェンド先生は私をずっと高く評価してくれていた。

私は尊敬できる上司の下でしか働けないところがある。もちろん良いことだとは思っていないが、すぐに上司の穴に気づき、従えなくなるのだ。レジェンド先生には穴がなかった。すべてにおいて一貫性があり、裏表がなく、そして凄腕。温かい先生の人間性に惚れ、この人の下で働きたい！と思った。

子どもの頃、Y病院にも喘息で入院したことがある。喘息児は薬の影響か、点滴をよくするせいか、血管が細くて点滴の針を刺すのが難しい。私も何度も失敗されていた。

その時も喘息で息苦しく、意識が朦朧とする中、

研修医時代のナースと娘たち。

看護師さんが頑張って刺そうとしてくれていたのだが、5回以上失敗し、他のベテラン看護師さんでもダメだった。そこで呼ばれたのが小児科医。颯爽と現れた30代くらいの男性医師は一発で成功し、静かに去っていった。

あまりのスピードに顔をしっかり見ることができなかったが、入院していた時期や状況から、あれはレジェンド先生だったのではないか、そんな話を先生として、運命を感じ、2人で盛り上がった。

「風子先生！　いつか一緒に働こう！」

先生は会うたびにそう言ってくれた。実は私が研修医の頃、先生は持病治療のため、入退院を繰り返していた。そのため実際に先生が働く姿を私は見たことがないのだ。

研修病院の女子会。

次第に入院生活は長くなった。それでも私をいつも気にかけてくれ、定期的にメールをくれた。

「風子先生。元気にしてますか。早く一緒に働きたいのに。病気が憎いです」

私も憎い。どうして世の中に必要な先生を苦しめるのか。

「この病気に、風子先生だったらどんな抗菌薬を使いますか」

余命宣告された頃だっただろうか、こんなメールが来たこともあった。最初は冗談かと思ったが、先生は本気のようだった。本気で医者になりたての私に聞いているのだ。先生、私まだ医者になったばっかりだよ。何十年も医者やってる先生がわからないのに私がわかるわけないじゃん。涙がとめどなく

研修医仲間と整形外科の先輩。

あふれた。そして無情にもその日はやってきた。

２０１８年　レジェンド　永眠

私たちの想いは届かなかった。亡くなる直前、私は先生の入院先にお見舞いに行った。もう歩くこともままならず、酸素が手放せないようだった。

実は私が通った大学は、特定の業務に従事する必要があり、もし他の病院で働くとなると、数千万円を一括返済する義務が生じる。亡くなる直前まで、先生はこのお金を何とかして返済し、一緒に働こうと言ってくれていた。知り合いにもいろいろあたってくれていたようだ。

「俺が何とかしたいんやけど、病気ってお金かかるね。どうにもならん」

レジェンドがたかが1人の研修医にこれほど向き合ってくれるなんて。きっと私の中には自分で気づいていない何かがあるのだろう。そう思うことにした。

レジェンド先生の信念にこういうものがある。

「軽症受診は予防医学の基本」

発熱や腹痛などまだ軽い症状で受診することが、その後に症状が悪化して取り返しがつかなくなるケースを防ぐ、という考えだ。救急外来をやっていると、夜間にすごく軽い症状やケガで受診される方が多いことに気づく。こんなことで受診して！と思う医師も多いが、先生は違った。

「一見軽い症状に見えても、実はこれから重くなることの前触れかもしれないし、ひょっとすると夜間しか受診できない事情があるのかもしれない。早めに受診してくれてありがとう、そんな気持ちで診察している」

　強く共感した。私も医者になる前、軽症で子どもを救急外来に連れて行った経験がある。熱で苦

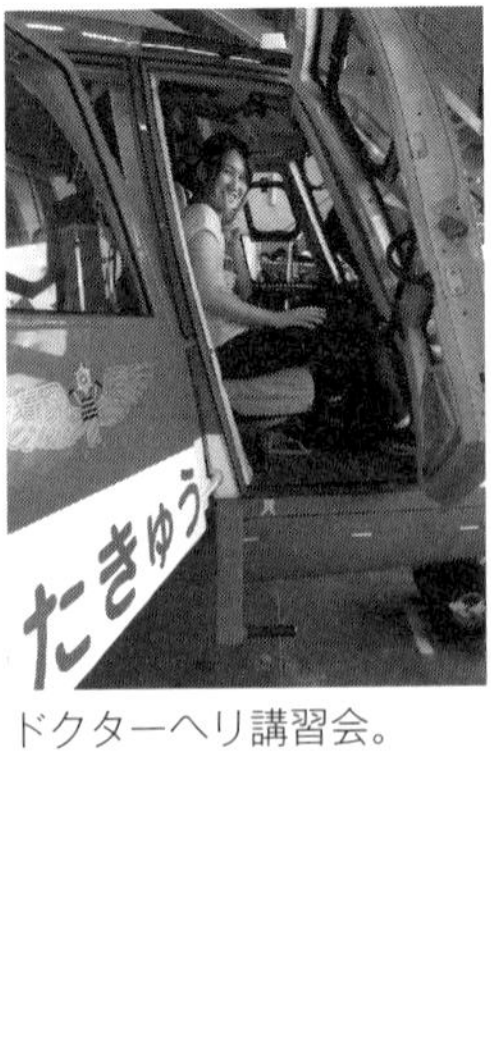

ドクターヘリ講習会。

しんでいるわが子を目の前にし、何の熱だろう、悪化したらどうしよう、と朝までの時間が果てしなく長く感じた経験がある。昼間忙しくて、夜間や休日にしか受診できないこともあった。

そして医者になった今も、軽症受診をすべきだと思っている。軽症か重症かを見抜くことが私たちの仕事だと思うからだ。先生の遺志、私が受け継ぐ。

妹の試練

私が研修医になった頃、妹は結婚し、関東で暮らしていた。生後数ヶ月の時にお腹の手術をしたが、その後は病院に通うこともなく、運動もできる活発な子だった。研修医2年目の4月、突然妹の夫、義弟から電話があった。

「あきちゃんが今から緊急手術をします。腸閉塞みたいです」

どうやら食事が腸につまり、それを治すために手術が必要だというのだ。幼い頃の手術の影響もあるのかもしれない。腸に何かが詰まってしまう場合、すぐに手術をせず経過をみる単純性腸閉塞と、緊急手術が必要な絞扼性腸閉塞があり、後者であったのだろうと推察した。遠方であったが、義弟がついていたこともあり、私はお見舞いには行かず、結果を待った。

「お腹を開けてみたら、腸はねじれてなかったみたいです」

もし腸がねじれていれば、腸への血流が止まり、その部分を切り取る必要があるため緊急手術を行う。しかしそんな部分はなかったようで、開けたお腹はそのまま何もせず閉じられたとのことであった。少し不安になった。妹が手術を受けたのは大きな病院だし、そんな変なことはしないだろう。このまま様子をみよう。

ところが数日後、腸が癒着（腸と腸がくっつき、腸閉塞の状態になる）したため、再手術をするというのだ。居ても立っても居られず、上司に休みをもらい、私は関東へ向かった。着いたのは術後であった。そこでの主治医の説明はこうだ。

「最初の手術は、絞扼性腸閉塞を疑って開腹しましたが、何もありませんでした。数日後、腹痛や嘔吐等、状態の悪化があり、癒着性腸閉塞を疑い、手術をしました。実際腸がくっついている部分がたくさんあり、小腸の大部分を切除しました。癒着は恐らく前回の手術によるものと思われます」

消化管は食道、胃、小腸と大腸から成る。小腸は通常5~7メートルほどあるとされるが、妹の小腸を3メートル以上切ったという。私は外科医ではないし、現場にいたわけではないから詳しいことはわからないが、少しずつ不信感は募っていった。術後にうなされ、苦しんでいる妹を後目に、私は北九州に戻った。

そして2週間後、また再手術の連絡だ。

「2回目の手術で繋げた腸が、お腹の中で外れたみたいです」

義弟からの電話は、憤っていた。そしてその日はちょうど妹の誕生日だった。12時間以上にも及ぶ手術の結果、妹はストーマをつけて戻ってきた。ストーマとは人工肛門のことで、外れてしまった口側の腸と肛門側の腸をお腹の外に出し、そこに袋をつけるのだ。つまり口から入った食べ物は、お腹についた袋から出てくるため、食後すぐにトイレで流さなければならず、もちろん本来腸がやってくれるはずの栄養吸収もできないため、点滴での栄養が必要となる。主治医は、

「腸を今くっつけると、また外れてしまう可能性があります。時期をみて戻そうとは思いますが、一生ストーマの可能性もあります」

新婚だった妹。何も世間に迷惑をかけていない妹。まだ20代だ。こんな不運、あっていいのか。

手術してない頃の妹と
最後まで妹と戦ってくれた義弟。

ストーマになってから、腹痛や嘔吐はなくなり、一応、退院した。ショルダーバッグにストーマと点滴を入れ、外出はできる。しかし証券会社でバリバリ働いていた彼女は、ストーマを残したままでは職場復帰ができない、と嘆いていた。

そして腸をつなげる手術を、前医で行うのは不安なので、私が勤務していたY病院でやってもらいたいというのだ。確かにその方が私の目が届くし、安心だ。ただこんななやっかいな症例、引き受けてくれる外科医はいるだろうか。

私の頭の中には一人の外科医、早口先生（仮）が浮かんでいた。彼にお願いしよう。予想通り、早口先生は快諾してくれた。人間味があり、つっけんどんだが、とても温かい心の持ち主だ。ただ、この手術は命がけになるだろう、と。私もそう思った。それを妹や義弟に伝えたが、それでも仕事がない人生は考えられない、と手術を申し出た。彼らには強い覚悟があった。

翌年1月に検査入院のため、妹夫婦はやってきた。入院前日は、おいしいものを食べよう、とフグを食べに行った。

入院後は血液検査や画像検査など、一通り行った。小腸がどれだけ残っているかで、この手術の成功率は左右される。検査上はなんと1メートルちょっと。普通は5メートル以上の小腸が時間をかけて水分や栄養を吸収する。こんなに短くて、術後大丈夫なんだろうか。いろいろなリスクを説明したが、やはり手術を受けたいという妹の気持ちは変わらなかった。

ストーマは2ヶ所にあり、口側は食べ物が通過しているため、腸自体は元気だが、肛門側は何も栄養を通していなかったようで（通常は栄養を通し続けるそうだ）、そこから栄養を通すことから始めようとした。ところがそちら側の腸管はお腹の筋肉に埋まってしまっており、使い物にならなかったのだ。

まずはその掘り起こし作業から始まった。私は副主治医にしてもらい、手術にも参加させてもらった。前もって撮った画像検査と照らし合わせて埋まっている腸を探す。

見つからなければ大手術になるかもしれなかったが、さすが早口先生、すぐに場所を特定し、肛門側の腸は開通した。その日から少しずつ栄養を通し始めた。そして妹は術後の痛みがほぼなかったことに驚いていた。前医では術後の激痛と嘔吐で、数週間苦しんでいたのだ。この手術の麻酔をしてくれたのは麻酔科のベテラン先生だった。

栄養を通し始めて数日後、妹の状態は急変した。突然高熱が出て全身が痛いと言い出した。季節は冬だったので、インフルエンザの検査をしたが陰性。そして喉が異常にかわくようで、点滴を増やしたが、全く改善しない。そんなことをしているうちに彼女の容態はどんどん悪化し、意識状態が低下してきたため、ＩＣＵに移動した。

その後も血圧は下がり、痛みのせいか暴れだしたので、挿管（口から呼吸のための管を通す）し、人工呼吸器をつけた。数日後、彼女は敗血症（血液に菌が入り、全身状態が悪くなる）になったことがわかった。

全身の痛みはかなり強かったようで、目の前で発狂し、のたうち回る妹を目の当たりにし、妹の命が遠ざかっていくのを感じた。なぜ彼女にここまでの試練を与えるのか。自分が苦しむよりも、大切な人が苦しむ方がつらいことをわからせるための、私に対する天罰なのか。

その頃私は研修医として小児科で勤務しており、上の先生に相談して妹につかせてもらった。つきっきりで治療にあたっても全く改善せず、私の心配をしてくれた先生は、当分休んで妹のことは主治医に任せた方がいいのではないか、と言ってくれた。とても有り難かった。私が妹の副主治医として関わらない方がいいというのは理解できた。親族が治療に関わるとどうしても個人的感情が勝ってしまい、冷静な判断ができない場合が多い。

しかしこれは私に与えられた試練であるに違いないと思っていたため、それが妹にとってプラスになるのかマイナスになるのかはわからないが、やるだけのことはやりたかった。その決断に対し、小児科の先生はとにかく無理しないように、と温かく見守ってくださった。

そして早口先生、私の想像をはるかに超えて、すばらしい先生だった。私の治療方針の間違いを厳しく指導してくれたり、私が提案した治療方法を取り入れてくれたりもした。特に治療方法の提案は、私が手あたり次第調べたものを、これはどうですか？これは？みたいに何度もお願いするので、それはそれは面倒だっただろう。

それにもかかわらず、その治療法はここが妹さんには合わない、たった一例で成功したものが同じように成功するとは限らない、と1つ1つ訂正し、指導してくれた。そしてＩＣＵで働く看護師さん、技師さんも本当に素敵だった。研修医は現場経験が少なく、ベテランの看護師さんや技師さんの方が詳しいということが多々ある。何でも質問する私に優しく丁寧に、嫌な顔せず教えてくれ、さらに私の身体の心配までしてくれた。本当に温かい病院だ。

妹の血液に菌が入った原因は、使っていない腸の中で、悪さをする菌が異常に増え、急に下の腸を動かしたことにより、それが血液に移動してしまったことが考えられた。血液内で検出された菌の量はものすごく多く、炎症の値も振り切っていた。値の意味がわかる分、毎日の血液検査を見るたび、血の気が引いた。

肝臓の機能も落ちており、血は止まらないし、黄疸（全身が黄色くなる）は強くなる一方だ。輸血を毎日のように行いながら、いろいろな成分を補充し、腎機能も悪いため人工透析を続けた。途中、脳や眼の奥に出血がみられたり、心臓の周りに液体が溜まったり、耳鳴りが強くなったり、普通の人が聞くと気が狂いそうになるほど、毎日毎日いろんなことがあった。

あらゆる臓器に症状が出たものだから、いろいろな科の先生にお世話になった。外科はもちろん、脳外科、

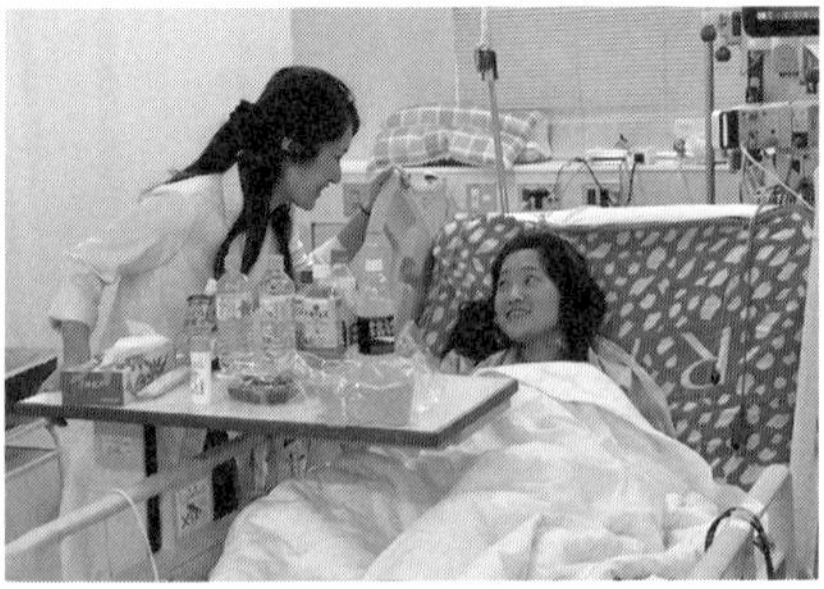

ICU で意識が戻った妹と。

内科、眼科、麻酔科、耳鼻科、小児科、放射線科……どの先生も素敵だった。

そんな温かい人たちの医療のおかげで、妹は奇跡的に目を覚ました。50キログラム程度あった体重は30キログラムを切っていた。難聴も残った。しかし生還できたことに大きな意味があると私は思う。

そして本来の目的であった、腸と腸をつなげる手術も行った。私はその頃、別の病院勤務になっていて立ち会えなかったが、信頼できる環境であり、不安はなかった。手術当日の夕方、無事に腸がつながった、と連絡がきた。大手術だったにもかかわらず、術後の痛みもなさそうだ。

やっと終わった。手術に駆けつけた親戚中が涙した。早口先生をはじめ、妹の治療に関わってく

やっと一般病棟にいけた妹のお見舞い。

ださった皆さん、本当にありがとうございました。突然の予期せぬ手術から1年超。ようやく一息つけた。

しかし彼女の本当の戦いはこれからだ。キャリアウーマンだった彼女、入院前の業績が評価されていたようで、会社はポストを開けて待ってくれていた。難聴が残り、得意だった英会話が困難になった。体力も落ちてしまったため、歩くことすらままな

主治医に懇願し、数ヶ月ぶりの外出。

退院祝いにおでかけ。

らない。

でも彼女は負けていない。こんなことがあったから、普通の生活や関わってくれる人に感謝できるようになったのだ、と。朝起きて、口からごはんを食べて仕事をし、夜は家族のもとで眠る。当たり前の生活は本当に有り難いことなのだ。彼女は自分の境遇を乗り越え、証券会社のエリートコースに戻るため、一歩一歩、前に進み続けている。

マルトリートメント

小児科と関わらない方たちにとってはこの言葉はあまり耳慣れないかもしれない。
マルトリートメント、和訳すると「不適切な養育」。
研修先の病院は虐待の発見や対応に力を入れており、私もこの病院で初めてこの言葉を知った。育児環境は本当にさまざまで、私以上に恵まれない家庭で過ごしている子どもたちと会う機会があった。

私は過去の経験からだろうか、そのような家庭で育つ子どもや親と一度話すだけで、「怪しい」と感じることもあった。彼らに何ができるのか、思い悩む日々が続いた。憧れの医者として働けることがどんなに貴重で有り難いことなのか、思い知らされることが多かった。

そして私は私生活を顧みず、医者として働くと覚悟を決めていた。それがかねてからの願いだったし、そうすべきだと信じて疑わなかった。育児もそれなりにやってきたし、十分しつけたつもり。医師業に没頭したかったので、育児を急いでいたというのもある。これからは自分の力で生きていきなさい、娘たちにはそう伝えていた。

研修を始めてから2ヶ月近くたった頃、次女の運動会があった。もちろん私は仕事をするつもりでいた。医局でたまたま運動会の話になり、ある先生が言った。

「風子先生のところ、運動会そろそろじゃない？」

「確か来週の日曜日です」

「え。講習会の日じゃん」

「大丈夫です。友達にお弁当一緒に食べてくれるようお願いしてますから」

私はいつの時代も友達には恵まれた。ママ友もたくさんできた。ＰＴＡをやっていた時期もあり、知り合いも多かった。

「いや、そういうことじゃなくて、運動会くらい行かなくちゃ。マルトリートメント家庭に関わってるけど、あなたの家、まさにそうじゃん！　ちゃんと育児しないと、すぐグレるよ！」

子どもの運動会に行きたくない親なんていない。医者になっても娘の運動会に行けるのか。涙が出るほど嬉しかった。運動会の日に丸1日休みをもらった私は運動会の朝からはりきってお弁当を作り、小学校最後の運動会を自分の目で見ることができた。

それだけで幸せだった。

育児について威張って書いたくせに、実はこの頃、次女の反抗期に悩まされていた。長女は本当に手がかからず、一度注意すればそれ以上のことはせず、言ってみれば楽な育児であった。一方次女は、やることなすことぶっ飛んでいた。

小学1年生の頃から学校に行ったかと思ったら、突然帰ってきて、

「学校行きたくない」

大学の講義に間に合わないかも、とドキドキしたことも数知れなかった。

気が強いこともあり、よく男の子を泣かせていて、担任からクレームの電話がかかったり、学校に来ていないとか、こけてオデコをぱっくり割ったりとか、学校からの着信があるたびにハラハラさせられた。

高学年になり、学校生活や家庭での不安定さは増していった。家で取っ組み合いのけんかをすることもあった。私も結局母と同じ道を辿るのか。そう思うことが何度も

あった。でも私は職場で一切そんなことに触れない。余計な心配をかけさせたくないし、育児を言い訳に仕事に支障をきたすのが嫌だったのだ。

マルトリートメント家庭と指摘され、冷静に考えた。夜、母はいない。ごはんも作らない。家事をしない。熱のある子どもを置き去りに仕事に行く。まさにマルトリートメント家庭だ。冷静に考えてもひどい家庭だ。

「母親にしかできないことがある。仕事よりもまず家をしっかり安定させないと」

小児科の先生はそう言ってくださった。不思議だ。何も育児の愚痴なんて言っていないのに、少ない私の言葉でいろいろなことを悟られたようだ。小児科医という職業がらか子どもや育児をする親にとても温かい。

不登校の次女の話を知った先生たちは、

「ここに連れてきたらいいよ。図書館だってあるし、いろんな人の目があるから安心でしょ」

こんな温かい職場環境あるのか。ここから私の育児の再スタートが始まる。どんなに職場の人に白い目で見られても、急患がいない時はまっすぐ家に帰り、私は子どもたちのケアをしよう。思春期は多感であり、まだまだ私の力が必要そうだ。

わが子の居場所

友達からの誘いがあり、長女がバスケットボールを習い始めた。

最初は送迎が面倒だな、とか、遠征で県をまたぐの？とか、自分に負担がかかることが少し苦痛だった。でも運動ができない私から生まれた長女が試合に出るようになり、毎日会う素敵な保護者との雑談がおもしろ

長女のミニバスのママ友。

くて、試合や練習に行くのが楽しみになっていった。今でも長女のママ友とは定期的に飲みに行く。卒部式では涙がかれるほど号泣した。

そして長女に感化された次女も小学3年生から習い始めた。指導してくださる監督やコーチたちがメンタルまでケアしてくれる素敵なチームで、最終的には全国大会を目指すほどのレベルになった。そしてそこが彼女の居場所であった。

家で暴れてどうしようもない彼女から一度だけバスケを奪おうとしたことがある。

「学校生活も家のこともまともにできんのはバスケで疲れとるからやろ。バスケ辞めさせるから!」

休部を申し出た日、コーチたちから呼び出された。

「お母さんの気持ちはよくわかります。私からも話し

仲良しのママ友。

てみますが、あの子にとってバスケは唯一の居場所なんです。だからどうかバスケだけは奪わないでやってください」

私はハッとした。母に一番してほしくなかったこと、私もやってしまっていた。疲れていた、なんて言い訳でしかない。

コーチたちは子どもたちだけでなく、親の心のケアまでしてくれた。ここは私の居場所でもあったのかもしれない。

ここでできたパパ友、ママ友は本当に素敵な方たちばかりだった。私が多忙なことを察し、送迎してくれたり、子どもたちを泊めてくれたり、遊びに行く時も毎回のように誘ってくれた。みんな私のことをすごいと褒めてくれたが、本当にすごいのは彼女たちの方だ。家事、育児、仕事を完璧にこなしながら、日々の生活を送っている。

私が悩んでいる時もいつも相談にのってくれた。恐らく次女の、いや私の一生の友達だ。全国大会を目指していたこともあり、練習はほぼ毎日、土日は毎週遠征だ。山口、佐賀、大分、熊本。盆も正月も休みのない子どもたちにはこれが旅行みたいなものだった。つらい経験を乗り越えながら、彼女たちの絆は深くなっていった。そしてそんな過程を見るのが楽しくなっていった。応援に行ける日はそれがどんなに遠方でも楽しみで、長距離運転もルンルンだった。

「次の試合まで仕事を頑張ろう！」

彼女たちの試合は私の原動力となった。思いっきり仕事に偏っていた、育児と仕事のバランスのとり方を、そうやって少しずつ学んでいった。

ちなみに次女の引退試合では全国大会に出場したライバルに3点差で負けてしまったが、彼女たちはキラキラときれいな、きれいな涙を流し、そしてバスケで経験した

次女ミニバス卒部式。愛情深い恩師に囲まれて。

ことは言葉では言い表せないほどの財産となった。

　中学生になってからも、次女の育児に悩まされることがある。私に似ているのか、感受性が豊かで気が強い彼女は、私が疲れている時を狙っているかのように八つ当たりをしてくる。私が適当に話を聞いているのがわかるのだろう。

　先日も言い争いになり、彼女の制服を外に投げ捨てた。結局私も母と同じようなことやってるな。前項で育児について威張って書いてみたが、子育てなんて思ったようにいかないものだ。現に子育ての仕方が悪い！　と自分の母親を責め続けてきた私もこうやって子育てには苦労

次女中学のバスケ部の引退の日。

している。改めて子育てについて考えてみると、実際は親が芯を通せばいろんな家のカラーがあっていいのだと思う。ただ一貫性がなければ子どもたちはすぐにそれに気づき、親を利用し始める。子どもは賢いのだ。子どもに操られないよう、しっかりとコントロールしてあげることが大切なのではないか、と今は思っている。そして子育ては戦いだ。ちょっとでも向き合うことを辞めてしまうと、すれ違いが生じる。終わりのない旅のように感じることもあるが、自立が近い彼女たちと過ごすのもそう長くはないはずだ。それまで全力で向き合おう。

次女の中学バスケ部パパママ。

新しい家族

そして実は素敵な出逢いがあった。大学生の頃に偶然ＢＡＲで会った、私にとってとても魅力的な人。私がまさか医大生とは知らず、それでも私の内面を気に入ってくれ、まっすぐに向き合ってくれた。彼も昔はハチャメチャやっていたらしいが、当然そんなこと私にとってマイナスにはならない。彼は私の理想をすべて叶えてくれる人だった。私はいろいろな経験をし、恋愛において妥協しないことに決めていた。妥協してもろくなことがなかったから。

「けんかが強そうで～私より背が高くて～顔がタイプで～運動が得意で～私のことを仕事も含めて応援してくれる人がいい！　あわよくばバスケしてる人がいいな～」

なんてふざけて友達に言っていたら、本当にそんな理想の人が現れたのだ。そしてそれ以上に驚いたのが、彼の家族がすばらしい人たちだった。次女の子育てに苦労していたのを知り、彼の父、母、妹が私のいない時間のフォローをしてくれた。

親子はどうしても距離が近くなり、感情が邪魔をして、対話がうまくいかないことがある。一歩ひいた目線で私の考えを次女に伝えてくれ、感情が荒ぶっている時は泊まりで預かってくれることもあった。そして彼の妹の子どもたちが次女よりも年下で、彼らの面倒をみることで、お姉さんらしくなった部分もあるようだ。

新しい家族。いつでも帰れる私の居場所。

いろんな人からのいろいろな形の愛情のおかげで、ここ数年で彼女は驚くほど成長した。今では次女は私の良き理解者であり、疲れて帰った時には姉と協力して家事をほとんどやってくれている。今の彼との出逢いは神様からのご褒美なのかもしれない。

当直の日は彼がごはんを食べさせてくれるが、この当直が私と娘たちの程よい距離

になっているようで、当直が少ないと長女が、

「当直少なくない？」

と残念そうだ。彼と娘たち３人の時間はどうやら鬼母のいない素敵な時間らしい。まあいい、息抜きも大切だ。週末は家族４人、居酒屋でわいわい会話をして楽しみ、みんなで次女のバスケの試合の応援に行く。彼の母がまた素敵な人で、彼とけんかした時は愚痴を聞いてくれ、私をかばってくれる。私に実家があったなら、こういう感じなのかな、そんなことを思わせてくれる家庭の温かさがそこにはある。

父親

今の彼はバツイチで私の父と同じように子どもを置いてきている。彼は離婚になったことに深く反省し、子どもと会えない苦しみを時折口にする。

後悔の言葉を聞くたび、私は自分の父も同じ気持ちだったのではないか、と思うようになった。大嫌いだった父。よく理解できなかった父。父もずっと私たちを置いてきたことを悔やんでいたのかもしれない。そんな父とどこか似た人を選んだような気がする。

ついこの間、父と私たち4人で食事をした。とても楽しそうに酒を酌み交わす父と彼。仕事に対する思い、家族に対する思い、その飛び交う言葉を横で聞きながら、家族について思いを巡らす。やはり父親は私たちを最後まで育てられなかったことをずっとずっと後悔していたのだ。そして私たちを深く愛していたのだ。

恩師との再会

医学部は5年生の頃、内科や小児科、整形外科、眼科など、さまざまな科を2週間ごとに研修する。いろいろな診療科を回ることによってその特性を知り、学び、自らが進むべき診療科を決める。

私は子どもが好きだったので、小児科と産婦人科で選びかねていた。小児科の研修が始まり、思いもよらない形でその人は現れた。小児循環器の研修の時、黒髪のボブ、膝丈スカート、低いヒールの、あのまっすぐな目の持ち主、神代先生がいたのだ。

子どもの頃、診察室で怒鳴られた日から彼女の消息を知る機会もなく、大学で会うなんて予想していなかった。あの日、先生は私に時間やエネルギーをかけて叱ってくれたにもかかわらず、私はそれ以降も荒れ続けた。しかし彼女の私への想いは医者を目指したいと思った時、私にかすかな光を与え、その道しるべとなってくれた。そして彼女は20年経った今も全く変わらない。実習生は2週間ごとに次々と入れ替わるため、先生からすると私たちの顔なんてまともに見ていないだろう。しかしマスク姿の私が視野に入るとすぐ、

「安部風子ちゃんやん」

と気づいてくれ、そして私は再会した3秒後にフルネームが出てくることに驚きを隠せなかった。

あの頃と何も変わっていない先生の目を見て、私が目標とし、追いかけてきた人がまだ小児科医でいてくれたことに安堵すると同時に、溢れる涙を止めることができなかった。喘息でお世話になったこと、治療以外でも私を勇気づけ、救ってくれたことが走馬灯のように蘇り、私は小児科医になることに決めた。

2020年4月、大学からの派遣で市内の総合病院で勤務しているが、彼女はそこの小児科部長であり、運命的に彼女の下で働けることになった。患者から見

大好きな神代先生と。

た神代先生も素敵だったが、上司としても最高だ。朝は誰よりも早く出勤し、急患が入れば、いつだってすぐに駆けつけてくれる。つい先日も時間外に神代先生に病院に来てもらった。

医者の世界で上の先生を呼び出すことはハードルが高く、せっかくの家族団らん時間なんかに電話してしまうと嫌味を言われることも少なくない。しかし彼女は違う。

「患者さんの意識レベルが落ちてきています」

その一言で、

「今からいくね」

と数秒で決断してくれた。

実はこの日、先生は大好きな野球観戦をしていたらしい。そんな中、嫌み事1つ言わず、2時間近くかけて駆けつけてくれた。このフットワークの軽さに感服だ。そして先生にどんな相談をしても怒らない。

一般的な医師は自分で調べといて、が口癖だ。そんなこともわからないの？　もよくある。でも神代先生は違う。私の小さな疑問にすぐに答えてくれ、資料をくれる。医師としての勤続年数が多いほど、医者はどんどん偉そうになっていく。ただ年数が多いだけで、お殿様みたいに居丈高にふるまうようになるのだ。でも神代先生は違う。同じ高さで対等に話してくれる。どんな時も私という存在を認めてくれる。

自分勝手に人生を歩んできた私。小児科医として働きだして、人間関係で思い悩んだ。今まで理不尽なことに対する苛立つ感情は周囲に八つ当たりすることで解決してきた。今でもコントロールが難しいと思うことがある。そんな時は心を無にしてじっと耐える。感情を殺す。表面しか見てくれない人にはきっと無知に映るし、当然うまくいかないことも多い。

ちょうどそんな頃、神代先生はそんな私の子どもじみたところに気づき、またあの時のように叱ってくれた。彼女のすごいところはただ叱るだけでなく、その背景にある私の感情にまで配慮してくれるところだ。私の仕事や患者さんに対する想いを正当に評価してくれ、間違った部分だけを訂正する。

今は先生の想いや期待を裏切らないよう、自分の感情のコントロールについて試行錯誤しているところだ。やっぱり彼女は偉大だ。子どもの頃、雲の上にいた先生は、今も到底私が敵わない高さに君臨している。そんな彼女の下で働いていることを誇りに思い、子どもたちの力になることで、精一杯の恩返しがしたいと思う。

未来の景色

私の人生、たくさんの人を傷つけ、振り回し、大きなマイナスからのスタートだった。だからこそ、これからは子どもたちの笑顔や未来のために生き、プラスマイナスゼロで人生を終わりたい。

そして今の私。母のことを完全に許しているか、という質問を受けることがある。答えはノーだ。幼少期のキズ、大きな憎しみ、そう簡単にチャラにはならない。しかし少しずつ当時の母の気持ちが理解できるようになり、あの母だったからこそ、私はこんなに強く生きていられるのかもしれない、と思えるようになった。勉学がすべてではないことも、周り道をしなければ気づかなかったことなのかもしれない。

人を許すこと、世の中で一番難しいのではないかと思うことがある。

人からされた行為に対し、自分の中でなかったことにするという方法もある。一生許さずに生きていくという道もある。しかしそれでは自分の成長に限界が来てしまうのではないだろうか。私はまだ超えられていないが、もし本当の意味で母を許すことができたならば、きっと他の人には見えない景色がそこには拡がっているのだろう。

そしてその景色を見たいと私は思う。

終わりに

私の自叙伝を読んでくださり、ありがとうございました。随分と苛烈な表現に衝撃を受けた方も多いのではないかと思います。

この本を出版するにあたり、その影響について悩みました。自分自身の今後の仕事や生活への影響、娘たちへの影響。しかしそれよりも私には伝えなければならないものがあると思い、出版を決めました。

私を批判する意見は当然多くあると思います。実際に過去の私は多くの人を傷つけ、精神的に追いこんできました。過去を振り返るたびに、当時の彼らの気持ちを考え、本当に恐ろしいことをしてしまったと心の底から申し訳なく思っています。本当にごめんなさい。私が過去に人を傷つけた事実は、私が今後どういう生き方をしても決して消えるものではなく、一生背負っていかなければならないものです。

また反省すると同時に私のような歪んだ子どもたちを作らない社会にするために、私に何ができるのか、毎日のように模索しています。その1つがこの著書でした。子どもと関わるすべての大人に伝えたい、決して私のような不良品を作ってはいけない、子どもの居場所を奪ってはいけない。勝手ではありますが、私が本を通して今苦しむ子どもたちに伝えたい想いをご理解頂ければ幸いです。

～この本を読んでくれた中高生の皆さんへ～

今この瞬間も、生きづらいと感じている人たちはたくさんいると思います。私は多くの失敗をしながらも、普通の世界に戻って来られました。皆が努力すれば医学部に入れるなんて言いたいわけではありません。あまり自覚はありませんが、周囲から言わせると私には持って生まれた力があり、ある程度の環境もそろっていました。そうではなく、人はそれぞれ輝ける場所があるはずなのです。それを見つけて、それに向かって歩んでほしい。そして自分自身で居場所を作り出していってほしい。

私はどんなにつらくても自分と向き合うことは辞めなかった。なぜ自分はつらいのか、失敗の原因は何なのか、本来どうやって生きるべき人間なのか、自問自答し続けました。そして明るい未来を信じていました。皆幸せになる権利はあるし、幸せになれる力もあるのです。

どんなにつらい思春期を過ごしたとしても、大人になれば自らの意思で歩むことができる。周りのせいにして自分の人生を歩まないことはやめてください。そんな時間はもったいないし、周囲の環境を言い訳にしていいのは子どもの時だけです。人の言葉や行動ではなく、自分の目に映るものや自分自身の能力を信じ続けてください。価値がない子どもなんていないし、生きている意味がない人なんていない。人には必ず光り輝ける場所や役割があり、生涯をかけてそれを見つけていくものなのです。

思春期は特に、歩むべき道が少し見えたとしても、それに向かって進むことが難しいことがあります。私のように普通の生活すらままならない人もいると思います。それでも自分を信じ、もがき続けてください。そうすれば、自分がどう生きるべき人間なのか、世の中のどこに必要とされているのか、はっきりと見えてくるようになる。

もしこの本を読んで、あなたが自分の人生を自分の足で歩めるようになり、自分の居場所を見つけられたなら、ぜひ私に教えてください。それはあなたの人生をこの世に刻むことであり、それと同時に私が生きた証にもなるのです。

妹からの手紙
～私の姉、河原風子が教えてくれたこと～

「昔荒れていて更生した人よりも、ずっと真面目に生きてきた人のほうが偉いに決まっている」

この本を読んでそう感じた人もいるかもしれませんし、私もそういう考え方があることは理解できます。

しかし、姉や兄の人生を間近で見ながら育った私の考え方は異なります。人の生き方・考え方・行動の背景にはそうなる理由（ポジティブな理由・ネガティブな理由）が必ずある。この世の中には誰１人として自分と完全に同じ環境で生きてきた人はおらず、そうである限り自分の指標で「どちらが偉いか」を簡単にジャッジできるものではない、そう思うのです。

そして何より過去をどう生きたかよりも、過去の経験をどうポジティブに変換して今を生きるかが大切であり、姉はそれを体現している1人だと思います。

姉と私は、同じ「母」のもとで育てられましたが、同じ「環境」では育っていません。私にとって母は、姉が言及しているような母とは大きく異なり、もちろん厳しい部分もありましたが、同時に、強く、優しく、ユーモアがあり、愛情を私自身がきちんと感じられる形で育ててくれました。それは私が3人目の子だったから育児に余裕があったこと（過度の期待がなかったのかも）、母の病気が進行し母自身の価値観が大きく変わっていく中で育てられたことなどが理由なのかもしれません。

こういった環境で育った私の常識の範疇で考えれば、姉の過去について、なぜそこまで、と感じる部分も正直ありますが、きっと私が理解できない、そうせざるを得ない環境に姉はいたのでしょう。本章では言及されていませんが、私が生まれたことで母や祖父、祖母の関心が一気に私に向いてしまったことなども、幼かった彼女を無意識に苦しめたのではないかと思います。結果的に私は幼少期の姉のような苦悩はなく育ちましたが、同じ環境で生きていれば、同じ行動をとったのかもしれません。それは本人以外の誰にもわからないのです。

姉の過去の経験は、誰しもが経験するようなことではないかもしれませんが、しかしどんな人でも、多かれ少なかれ、過去に間違ったことをしたり、人を傷つけてしまったりした経験はあるのではないかと思います。ではそういった経験をふまえ、以降の人生をどう生きるべきなのか。

もちろんこの問いに対する答えは人それぞれではあると思いますが、私が姉を近くで見ながら育った中で得た1つの答えは、過去の経験に支配されるのではなく、その経験を前向きな力に変換して世の中に還元する、それが1つの人生の生き方だということです。

過去に非行経験があり更生した人に対して、私が共通して感じる「力」を2つ挙げます。

1つ目は、「共感力」です。人間の「想像力」では限界があるようなことに対する、本当の意味で当事者に寄り添える「共感力」。姉に関して言えば、過去に「自分の意思や力ではどうしようもできない環境」「頑張ってもどうにもできない気持ち」「自分の思いと行動が相反する瞬間」等を経験している分、どんな境遇にある人に対しても、否定や批判ではなく、まず頭が「理解・共感」の方向に動く、そういう部分を感じます。

この経験は、今後小児科医として、さまざまな環境に置かれた子供たちやその親御さんたちと関わる中で大きな武器となるのではないでしょうか。

そして2つ目は、「些細なことに感謝する力」です。私自身は人生の中であまり苦労を感じずに育ちました。両親が離婚したのも私が1歳の頃だったため、私にとっては母親だけの家庭が当たり前で、姉のように父親を失ったという感覚はないまま生きてきましたし、出会ってきた周りの先生や上司にも恵まれ、勉強や習い事も比較的上手くできる、どちらかというと褒められることの方が多かった人生でした。だからなのか、あるいは私の本来の人格的な問題なのか、目の前の当たり前について感謝の気持ちを心から抱くことはあまりありませんでした（病気を経て、この部分の価値観は大きく変わりましたが）。

しかし、姉の場合は、幼い頃からいろいろなものを失ったり、普通の生活ができなかった経験からか、20代の頃から「暖かい布団で寝られる」「友達がいてくれる」「家族と一緒に時間を過ごせる」等、そういうレベルでの感謝の気持ちをよく口にする人でした。周囲の人に対しても些細なことで感謝するので、特に家を出てからは、会社やアルバイト先の同僚、ママ友・パパ友など、周りのあらゆる人からのサポートを受けていました。そして彼女自身がそういう人であるからか、彼女の娘2人も、感謝の言葉を当たり前のように口にすることのできる子どもに育っています。

私がICUで透析治療を受けていた時の話ですが、1日中ベッドの上に拘束・透析のカテーテルがはずれては困るので足を動かすのは禁止・頭の上で機械の音が24時間鳴り響く・家族が来ても1日のうち一瞬だけ――そんな環境が続くことに耐えられず、一度姉に「もう耐えられない、殺してくれ」と言ったことがあります。その時、おそらく人生で初めて、姉にこっぴどく叱られました。世の中には生きたくても生きられない人がいる、あなたは頑張れば生きられるのになぜそんなことを言うの、と。もちろん一番近くで見ていた副主治医でもあるので、私の苦しみも理解した上での言葉です。きっとその言葉には、過去に命を失った友人や病から救えなかった子どもたちの存在、彼女自身が自ら命を絶とうとした経験など、いろんな思いが詰まっていたのだと思います。

「医者は命さえ救えばいい」そんな風に思っているのではと感じる医師に出会ったこともあります。しかし、姉の口癖である「人を救いたい」という言葉からは、身体だけでなく心も含め救いたいという強い気持ちを感じます。患者の置かれている環境や心にもきちんと寄り添うことのできる医者、そんな小児科医に、彼女ならなれる気がします。

生きることの喜びと苦しみのどちらも知る彼女が、これからどんな風に人を救い、世の中を希望の光で照らしていくのか。妹としてではなく、1人の人として、負けられないという気持ちもありながら、とてもわくわくしています。きっと天国の母も、今の姉の生き方を褒めていることでしょう。もしかするとそれは姉が一番追い求めてきたことなのかもしれません。

「河原風子」との出会いを通じ、1つでも多くの笑顔が増え、1人でも多くの人が前を向くきっかけになることを、心から願っています。過去の過ちは決して消せないけれど、これからの彼女が誰かの光になることができれば、彼女の人生が「腐ったみかん」ではなく、1人の〝ひと〟として生きた証になるでしょうから。

明子

［年表］

腐ったみかんが更生するまで

昭和 57 年	誕生
平成 2 年	両親の離婚
平成 10 年	私立高校入学・腐ったみかん襲名
平成 13 年	定時制高校卒業・ＯＬデビュー
平成 14 年	長女出産
平成 18 年	次女出産
平成 22 年	Ｓ大学医学部入学
平成 29 年	Ｓ大学卒業・医師国家試験合格
令和 2 年	小児科医として憧れの神代医師と働く

[著者紹介]
河原 風子(かわはら ふうこ) 旧姓:安部 風子(あべ ふうこ)

1982年北九州市生まれ。8歳で両親が離婚し、その後は母との関係がうまくいかず、非行に走る。入学した全日制高校は退学になり、定時制と通信制に通って高校卒業の資格を何とか取得。卒業後に運送会社の事務員として働くなかで更生し、20歳で長女、23歳で次女を出産、一念発起して医者を目指す。28歳で医大に合格し、34歳で念願の小児科医になる。現在2児のシングルマザーとして仕事にプライベートに充実。子ども愛、行動力が私の武器。今の夢は災害医療や難民支援で困っている子どもたちのために生きること。

腐《くさ》ったみかんが医者《いしゃ》になった日《ひ》

2021年 5 月 27 日　第 1 刷発行
2023年 12 月 25 日　第 2 刷発行

著　者　　河原風子
発行人　　久保田貴幸

発行元　　株式会社 幻冬舎メディアコンサルティング
〒151-0051　東京都渋谷区千駄ヶ谷4-9-7
電話　03-5411-6440（編集）

発売元　　株式会社 幻冬舎
〒151-0051　東京都渋谷区千駄ヶ谷4-9-7
電話　03-5411-6222（営業）

印刷・製本　シナジーコミュニケーションズ株式会社
装　丁　　オフィス・ムーヴ　原田高志

検印廃止

Printed in Japan
ISBN 978-4-344-93480-1 C0095
幻冬舎メディアコンサルティング HP
http://www.gentosha-mc.com/